CONTOS DA MINHA RUA

Este livro pertence a:

_____

_____

CB065265

Michael David Kwan

O LIVRO DO CONTADOR DE HISTÓRIAS CHINÊS
Contos do Sobrenatural

Ilustrações de Cláudia Scatamacchia

Tradução de Edna Velloso de Luna
Revisão da tradução de Marina Appenzeller

Martins Fontes
São Paulo 2004

Esta obra foi publicada originalmente em inglês com o título
THE CHINESE STORYTELLER'S BOOK por Tuttle Publishing.
Copyright © 2002 Michael David Kwan.
Copyright © 2004, Livraria Martins Fontes Editora Ltda.,
São Paulo, para a presente edição.

1ª edição
setembro de 2004

Tradução
EDNA VELLOSO DE LUNA

Revisão da tradução
Marina Appenzeller
Acompanhamento editorial
Luzia Aparecida dos Santos
Revisões gráficas
Marisa Rosa Teixeira
Maria Fernanda Alvares
Dinarte Zorzanelli da Silva
Produção gráfica
Geraldo Alves
Paginação
Ana Carolina Matsusaki

Dados Internacionais de Catalogação na Publicação (CIP)
(Câmara Brasileira do Livro, SP, Brasil)

Kwan, Michael David, 1934-2001
 O livro do contador de histórias chinês : contos do sobrenatural / Michael David Kwan ; ilustrações de Cláudia Scatamacchia ; tradução de Edna Velloso de Luna ; revisão da tradução de Marina Appenzeller. – São Paulo : Martins Fontes, 2004. – (Contos da minha rua)

Título original: The Chinese storyteller's book
ISBN 85-336-2029-2

1. Contos – Literatura infanto-juvenil I. Scatamacchia, Cláudia.
II. Título. III. Série.

04-5244   CDD-028.5

Índices para catálogo sistemático:
1. Contos : Literatura infanto-juvenil 028.5
2. Contos : Literatura juvenil 028.5

Todos os direitos desta edição para o Brasil reservados à
Livraria Martins Fontes Editora Ltda.
Rua Conselheiro Ramalho, 330 01325-000 São Paulo SP Brasil
Tel. (11) 3241.3677 Fax (11) 3105.6867
e-mail: info@martinsfontes.com.br http://www.martinsfontes.com.br

Contos da Minha Rua

Michael David Kwan (1934-2001) nasceu em Pequim e foi criado em uma família multilíngüe. Recebeu o Prêmio Kiriyama Pacific Rim por *Things That Must Not Be Forgotten: A Childhood in Wartime China* em 2000. Entre suas obras encontram-se: *Broken Portraits*, sobre a vida em um *campus* universitário na China durante o incidente da Praça da Paz; duas peças, *The Day of the Phoenix* e *A Season in Purgatory*, que ganharam o concurso DuMaurier de Dramaturgia Nacional; e um roteiro de cinema intitulado *The Undaunted*, o qual ganhou o Prêmio Práxis de Roteiros Cinematográficos. Também traduziu literatura chinesa moderna para a língua inglesa, assinando o nome de David Kwan. Suas traduções publicadas incluem obras de autores notáveis, como Zheng Yi (*Old Well*), Liu Heng (*Black Snow*; *The Obsessed*) e Ling Li (*Son of Heaven*).

Cláudia Scatamacchia é de São Paulo. Seus avós eram artesãos. Cláudia já nasceu pintando e desenhando, em 1946. Quando criança desenhava ao lado do pai, ouvindo Paganini. Lembra com saudade as três tias de cabelo vermelho que cantavam ópera. Lembra com respeito a influência do pintor Takaoka sobre sua formação. Cláudia recebeu vários prêmios como artista gráfica, pintora e ilustradora. São dela o projeto gráfico e as ilustrações deste livro.

ÍNDICE

O casamento da raposa encantada — 11

Ser o melhor — 35

As raposas — 57

A pereira — 85

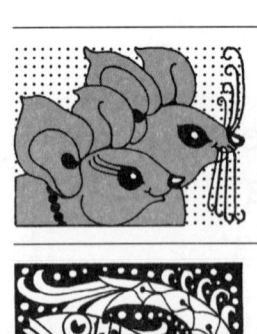

	Bigodes e Olhinhos Brilhantes	101
	 A história do pescador	123
	 A cantora da noite	147
	 A Bela Dama	171
	 A borboleta	213

Para Kirin, minha musa especial

O casamento da raposa encantada

No centro da cidade em que cresci, havia uma mansão abandonada. O lugar estava deserto havia tantos anos, que ninguém mais se lembrava das pessoas que algum dia viveram lá. Às vezes, durante o dia, curiosos espiavam pelas rachaduras do portão bolorento de madeira, mas ninguém se aventurava a chegar perto depois de escurecer, pois diziam que a casa era habitada por Raposas Encantadas.

O magistrado Yinn, que se tornou bastante famoso como o árbitro do certo e do errado na corte do imperador, era da mesma cidade. Nós estudávamos juntos na Academia e formávamos um alegre grupo, passando mais tempo nas tabernas do que com nossos livros.

Lembro-me de que estávamos a um mês ou dois dos Exames Imperiais. Alguns de nós reunimo-nos em uma taberna perto da mansão abandonada, para acalmar nosso nervosismo antes do exame. Yinn estava de bom humor. Ele era uma dessas pessoas irritantes que se sobressaem sem nenhum esforço aparente. Eu era totalmente o oposto e, francamente, invejava sua segurança. À medida que a tarde pouco a pouco se desmanchava em crepúsculo, aqueles que teriam de passar perto da mansão a caminho de casa estavam ansiosos por partir, pois as Raposas Encantadas poderiam estar por ali.

— Raposas Encantadas! — zombou Yinn, revirando os olhos. — Que bobagem! E vinda de jovens tão educados e refinados!

A observação causou um grande tumulto.

— As Raposas Encantadas existem! — bradei, sem conseguir conter-me.

— O que é uma Raposa Encantada? — Yinn acercou-se de mim, com um sorriso nos olhos.

Reuni todas as histórias que já havia escutado das comadres.

— Ora, são raposas muito velhas...

— De que idade? — Yinn já era obcecado por detalhes, o que mais tarde fez sua reputação.

— Centenas de anos... — repliquei.

— Como uma raposa pode viver tanto? — cismou Yinn.

— Vivendo em harmonia com seu ambiente... — disse eu, tentando não parecer vacilante. Embora os outros estivessem em silêncio, eu sentia que se divertiam com meu desconcerto. Yinn pediu outro jarro de vinho. Quando o vinho chegou, encheu nossas taças antes de retornar à discussão sobre as Raposas Encantadas.

— Se eu vivesse em harmonia com meu ambiente — disse Yinn, com um gesto que abrangia a sala —, seria encantado também. No estado de conserva, tornamo-nos mais duradouros que a vida, portanto sobrenaturais!

Os outros morreram de rir.

— Não é tão simples assim — apressei-me em dizer. — A raposa velha adquire sabedoria e os deuses permitem que ela tome a forma humana entre o crepúsculo e o amanhecer...

— Mas para quê? — continuou Yinn, impassível.

— É um teste para ver se a raposa é digna de assumir a forma humana...

— Algo como os Exames Imperiais! — alguém zombou.

Todos riram.

— As Raposas Encantadas enfeitiçam as pessoas — vociferei, o sangue me subindo à cabeça — e tornam-se criaturas da noite também!

Yinn riu na minha cara.

— Já que não acredita que existem Raposas Encantadas — bradei —, passe a noite na mansão assombrada e lhe darei um banquete como você nunca experimentou antes.

Era uma aposta maldosa, pois todos sabíamos que Yinn era pobre e lutava para manter-se no mesmo nível que nós. Yinn olhou para os rostos triunfantes à sua volta. Aqueles que estavam rindo com ele um minuto antes mudaram de atitude. Ele deliberadamente engoliu outra taça de vinho, enxugou a boca na manga e respondeu:

— Aceito.

O grupo foi ficando sombrio. Outro jarro de vinho ajudou a acalmar nossos temores. Estava completamente escuro quando Yinn jogou sua capa nos ombros e saiu caminhando, arrogante, rumo à mansão assombrada. Nós o seguimos a uma distância segura, para termos certeza de que ele havia entrado. Quando o vimos escalar o muro, voltamos à taberna para esperar o amanhecer.

Farei o melhor possível para contar a história como a escutei de Yinn há muitos anos.

Uma fatia de lua enchia o jardim de estranhas sombras. Pequenas criaturas invisíveis moviam-se rapidamente por entre os arbustos. Amoreiras fantasmagóricas enroscavam-se em Yinn, saindo da escuridão, enquanto ele abria caminho até a mansão, por uma trilha de pedras arredondadas e escorregadias, cobertas de musgo. A porta cedeu com um guincho de dobradiças enferrujadas, alvoroçando um bando de morcegos que voejaram à sua volta, por um momento. Depois, houve um silêncio tão denso que poderia ser cortado com uma faca. Havia teias de aranha penduradas por toda a mansão, como guirlandas, e o ar cheirava a podridão. Tateando, Yinn subiu por uma escadaria frágil até um terraço, que dava vista para o jardim em ruínas. Ele achou um lugar livre de escombros, embrulhou-se em sua capa e, fazendo um tijolo de travesseiro, instalou-se para passar a noite. Embora estivesse decidido a permanecer acordado, o vinho começou a surtir efeito. Embalado pelo murmúrio do vento nas árvores, Yinn logo adormeceu.

Horas mais tarde, o rapaz foi despertado pelo latido de raposas. De início foi apenas um, ao qual responderam muitos outros, de longe e de perto. Depois, ele ouviu uma correria na casa. Logo em seguida, passos não muito diferentes dos dele soaram nos aposentos de baixo. O som de risadas e vozes subia pela escadaria, embora ele não conseguisse captar as palavras. Yinn começou a suar frio. Naquele momento desejou não ter aceitado a aposta de passar a noite naquela mansão horrível. A bem da verdade, desejaria estar em qualquer outro lugar que não fosse ali.

Ruídos de passos subiam as escadas. Yinn embrulhou-se mais na capa. Com os olhos semicerrados, espreitava o alto da escadaria.

Um jovem com trajes de criado apareceu segurando um lampião acima da cabeça, virando-o para um lado e para o outro, tentando enxergar na escuridão. Yinn vislumbrou um rosto delgado, de traços bem delineados, coroado por cabelos escuros e lisos, presos em um coque no alto da cabeça. Os olhos oblongos tinham um brilho amarelo à luz do lampião. As narinas tremiam enquanto ele farejava o ar. Os lábios repuxados, revelando dentes brancos e afiados, e as orelhas curiosamente pontiagudas convenceram Yinn de que não se tratava de um ser comum. Um velho de imponente cabeleira prateada e longa barba esvoaçante vinha logo atrás.

— O que acha que está havendo, mordomo? — o velho indagou, com voz suave.

O criado levantou o lampião e examinou o terraço mais uma vez.

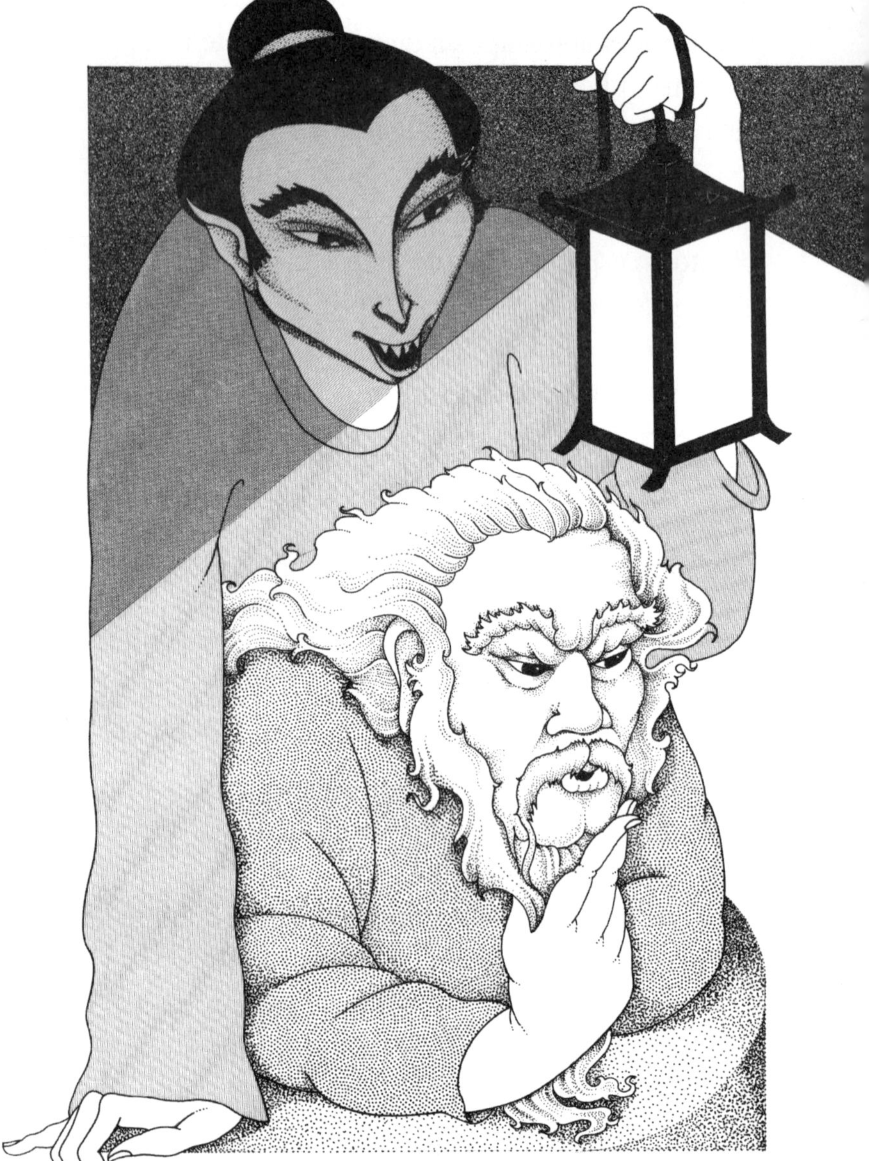

— Ali! — sibilou, apontando na direção de Yinn. O velho olhou para onde ele indicava.

— É apenas um humano — disse, tranqüilo. — Segure o lampião mais perto para que eu possa vê-lo com mais clareza.

O mordomo aproximou-se cautelosamente e levantou o lampião, de maneira que a luz incidisse no rosto de Yinn. O velho estudou-o, sobrancelhas arqueadas, pensativo. O velho tinha o ar brando de um erudito, ao passo que o mordomo tinha um olhar astuto, quase maldoso.

Uma acalorada discussão entre o mordomo e um dos criados interrompeu-o abruptamente.

— Algum problema? — perguntou.

— Está faltando uma taça de ouro! — bradou o criado.

O velho levantou-se.

— É impossível — disse ao mordomo. — Deve ter sido colocada no lugar errado. Verifique novamente.

— Procuramos pela casa toda... — replicou o mordomo.

— Procurem de novo.

— Mas está quase amanhecendo! — exclamou o mordomo.

— Então não percam tempo... — o tom de voz do velho não admitia discussão.

Os criados dispersaram-se pela casa. Yinn permaneceu caído por cima da mesa, forçando-se a respirar serenamente, espiando os outros com os olhos semicerrados. Um galo cantou a distância. O velho inclinou a cabeça na direção do som. Fora este movimento, não demonstrava nenhum sinal de agitação. Sua esposa passou o dedo pelo rosto e, nervosamente, umedeceu os lábios com a ponta da língua. O velho colocou a mão em seu ombro, confortando-a.

— Não se preocupe. Eles vão achar.

Mas não acharam.

O galo cantou novamente.

Os criados amontoaram-se assustados na porta do salão, tagarelando uns com os outros.

Os olhos do mordomo se apertaram quando ele os pousou em Yinn.

— Mestre, o humano deve ter se apropriado da taça! — ele vociferou. Sua voz tornara-se gutural, e ele parecia ter dificuldade para articular as palavras. — Deixe... me... revistá-lo!

— Não! — o timbre da voz do velho também tinha se alterado. — O humano não deve ser perturbado!

As narinas do mordomo estremeciam de impaciência.

— Mestre, eu... estou... sentindo... o cheiro... nele — insistiu.

— Talvez ele tenha razão — a esposa murmurou, sob o lenço que segurava no rosto. — Não hesite, Senhor! Está ficando claro!

O galo cantou novamente.

— Por favor, Mestre! Antes que... seja... tarde... demais — grunhiu o mordomo. Suas feições lentamente voltavam a ser as de uma raposa. O velho olhou para Yinn, longa e intensamente.

29

— Meu amigo não roubaria — afirmou.

— Ele não é seu amigo — choramingou a esposa —, é um humano, e os humanos são gananciosos.

A dúvida anuviou o rosto do velho. Por duas vezes Yinn sentiu que ele se aproximava, observando-o, como se estivesse prestes a acordá-lo, e depois, suspirando profundamente, afastava-se.

— A taça está perdida — suspirou —, mas é por pouco tempo. Será devolvida ao dono legítimo quando chegar a hora.

Fora, o céu ia clareando. Um por um, os criados, o mordomo e até a patroa se transformavam em raposas. Quando os primeiros raios de sol atingiram a mansão, as feições do velho dissolveram-se nas de uma raposa cinzenta, que desapareceu escada abaixo. Yinn continuou imóvel por mais um momento. Quando teve certeza de que estava só, levantou-se.

O salão imponente estava repleto de entulho onde o teto havia desabado. O terraço estava cheio de telhas quebradas, e o jardim tomado por ervas daninhas. Não restava nem um vestígio do brilho das festividades da noite anterior.

Esta foi a história que Yinn contou quando se reuniu a nós na taberna.

— O casamento da Raposa Encantada, com efeito! — zombei, mal-humorado depois de uma noite horrível, cheia de preocupações, enquanto Yinn passava os momentos mais importantes de sua vida. Eu não sabia perder. — Vamos ver a taça.

Das pregas de sua capa, Yinn tirou uma pequena taça de ouro como nunca vi igual. Quando finalmente recuperei a fala, gaguejei, meio sem jeito: — É a taça mais linda que já vi.

Uma profunda mudança operou-se em Yinn depois daquela aventura. Afundou-se nos estudos. Evitava companhia, preferindo a solidão. De vez em quando ele ia à mansão assombrada, contemplava-a, perdido em pensamentos. Dizia-se que Yinn estava enfeitiçado. Mesmo assim, ele passou com louvor nos Exames Imperiais, exatamente como disse que faria. Logo depois foi nomeado magistrado de Fei e deixou nossa cidade. Fui reprovado no exame, assumi os negócios da família e lá fiquei.

Passaram-se duas décadas antes que meu caminho cruzasse novamente com o de Yinn. Nesse ínterim, ele se tornara um juiz famoso nos tribunais. Embora eu acompanhasse sua carreira com interesse, não nos correspondíamos. Portanto, quando recebi um bilhete anunciando seu retorno à cidade, convidando-me para jantar no nosso antigo reduto, fiquei surpreso e encantado.

A taberna de nossa juventude tornara-se um restaurante moderno, e Yinn reservara a melhor sala. Fiquei pasmo com sua aparência. Eu havia engordado e ficara grisalho, ao passo que Yinn não parecia nem um dia mais velho do que por ocasião do nosso último encontro.

Passamos uma noite agradável, relembrando os velhos tempos. Inevitavelmente, a conversa encaminhou-se para a noite que ele havia passado na mansão assombrada.

— Lembra-se daquela linda taça? — perguntou ele.

— Como poderia esquecer? — retruquei. — Custou-me um banquete.

— Retornou ao seu legítimo dono — sorriu Yinn, misteriosamente —, conforme a previsão da Raposa Encantada...

Pouco tempo depois de chegar a Fei, Yinn fora convidado por um mercador chamado Chu para o banquete de aniversário de uma de suas filhas. No fim da festa, Chu mandou seu criado trazer um jogo de taças de ouro para fazer um brinde.

Quando o criado apareceu com as taças e uma delas estava faltando, Chu ficou furioso.

— Fui roubado! — gritou. — Essas taças são bens que estão na família há muitas e muitas gerações!

E, voltando-se contra seu infeliz criado, ameaçou-o com uma tremenda surra de chicote se ele não apresentasse imediatamente a taça extraviada.

Ao ouvir a altercação, Yinn ofereceu-se como mediador. Quando ficou sabendo dos dois lados da história, pediu para examinar uma das taças.

— Acho que posso ajudar — disse. Pegou papel e pincel e escreveu um bilhete. — Leve isto à minha casa e traga o que meu mordomo lhe entregar.

O criado foi voando até a casa do magistrado e, pouco depois, voltou com uma caixa de brocado.

Yinn deu-a de presente a Chu.

Para sua surpresa, a caixa continha uma taça que combinava exatamente com as outras.

— Isso explica por que retornei a esta cidade — prosseguiu Yinn no fim de seu relato. — Casei-me recentemente e planejo comprar certa casa e morar aqui.

Havia um brilho peculiar em seus olhos enquanto ele contemplava, através da janela, a mansão cujo vulto escuro se erguia no fim da rua.

— Decerto... não... aquele lugar — estremeci.

— Exatamente isso... — sorriu Yinn. — Esperei muito tempo...

Não soube bem se ele queria dizer que esperara muito tempo para se casar ou para comprar a casa. Yinn colocou o dedo nos lábios e depois, resoluto, piscou para mim.

Prometemos manter contato, como as pessoas sempre fazem, mas nunca mais nos encontramos. Não muito tempo depois, comentou-se que um estranho comprara a mansão e estava realmente morando nela. Contudo, nada fora feito para torná-la habitável, e nunca ninguém foi visto entrando nela ou dela saindo. Almas corajosas que passaram por lá à noite afirmaram ter visto luzes e ouvido música e risadas. Eu estava curioso, mas nunca tive coragem de investigar.

Durante uma tempestade, numa noite de verão, a velha mansão foi atingida por um raio e incendiou-se por completo. E nunca mais tive notícias de Yinn.

Ser o melhor

Lao Mu levava uma vida simples, extraída dos mesmos poucos acres de terra ruim que tinham servido a seu pai. Tinha só trinta anos, porém parecia mais velho. Pobre demais para arranjar uma esposa, vivia sozinho, tendo apenas um velho boi por companhia. Lao Mu crescera taciturno, tímido e arredio. Mas seu amor pela terra e sua afinidade com as criaturas selvagens, a floresta e o céu davam-lhe sustento.

Todo outono havia caçadas nos bosques que faziam limite com a terra em que ele trabalhava, deixando em seu rastro criaturas aleijadas que morriam no mato.

Uma tarde, Lao Mu estava cortando talos de milho, quando uma raposa saiu da floresta, correndo como um raio, e desapareceu na direção de sua choupana.

— Você viu uma raposa? — gritou um dos batedores que vinha em sua perseguição, à frente dos caçadores.

Lao Mu lançou-lhe um olhar tolo e continuou com o que estava fazendo.

— Perguntei se você viu uma raposa! — vociferou o homem.

Lao Mu apontou na direção oposta à que a raposa tomara.

— Ela foi para aquele lado! — gritou o batedor, apontando na direção indicada por Lao Mu, quando seu patrão se reuniu a eles.

— Então vamos lá, antes que ela escape! — bradou com voz arrogante o caçador, que era o dono das terras de Lao Mu.

Lao Mu observou os caçadores com o canto dos olhos, até sumirem de vista, e depois voltou calmamente para casa. Uma cerca rústica, feita de pedaços irregulares de madeira e talos de sorgo, circundava sua choupana. De um lado, havia um telheiro onde ele mantinha o boi. Ao lado havia uma pilha de feno, sempre muito arrumada. Alguma coisa tinha cavado um buraco nela, fazendo-a inclinar-se. Lao Mu se agachou e espiou pela abertura, meio escondida por hastes de palha. Como já esperava, uma raposa grande estava escondida lá dentro. A pelagem castanha e o focinho listrado de cinza indicavam que ela provavelmente era bem velha. Sua pata direita estava sangrando.

— Aqui você estará em segurança, raposa — disse Lao Mu, baixinho.

A raposa levantou o focinho e bateu a cauda de leve no chão, como se tivesse entendido.

Lao Mu quebrou um *wuowuoto* (um pãozinho cônico, feito de farinha de milho) e o colocou perto da abertura da pilha de feno, junto com uma vasilha de água. Não sabia o que oferecer à pobre criatura, além do que ele mesmo comia.

Na manhã seguinte, Lao Mu encontrou um belo repolho fresco e duas laranjas na soleira da porta. Alguém colocara os alimentos ali durante a noite, pois estavam molhados de orvalho. Ele ficou especialmente encantado com as laranjas, pois aquelas frutas não davam no norte.

Nos dias seguintes, Lao Mu compartilhou com a raposa ferida todo o alimento que tinha, e presentes misteriosos de frutas e legumes apareciam na soleira de sua porta. Às vezes, ao anoitecer, quando entrava na choupana, percebia que tinha sido varrida. Mãos invisíveis também acendiam a lareira e colocavam nela uma chaleira de água para fazer o chá. Essas ocorrências não perturbavam Lao Mu. Ele era um homem simples, que acreditava que as boas e as más ações das pessoas voltavam para elas, num ciclo ininterrupto. Atribuía os presentes à fugitiva escondida no feno, pois acreditava que as raposas podiam fazer milagres. Agradecia cada presente à raposa, cujos olhos esverdeados pareciam responder, satisfeitos. Assim, começou uma amizade entre o homem e o animal.

A raposa pouco a pouco foi se recuperando. Certa manhã, quando Lao Mu foi até a pilha de feno, ela tinha ido embora. Aquele dia, Lao Mu foi trabalhar com o coração pesado. Tinha se acostumado à criatura selvagem. Sentia falta de falar com ela, contar coisas que não sonharia revelar a nenhum outro ser. Pois, sob sua aparência apática e plácida, Lao Mu fervilhava de sonhos e aspirações. Embora a conversa fosse unilateral, sentia que a raposa o compreendia. Antes de ela entrar em sua vida, ele falava com o boi, mas aquele boi ensimesmado tinha uma sensibilidade diferente. Não era a mesma coisa, e Lao Mu sentia-se terrivelmente só.

Lao Mu passou o dia queimando talos de milho e devolvendo as cinzas à terra. Ao anoitecer, estava faminto e ansioso para voltar para casa. Quando chegou à trilha que levava à sua choupana, ele quase trombou com um cavalheiro que vestia uma rica túnica marrom e uma capa cinza e curta. O homem cumprimentou-o com a cabeça e sorriu.

— Está perdido, senhor? — murmurou Lao Mu, com uma reverência.

— Não, não — o outro riu, discretamente. — Estou a caminho de casa.

— Nunca vi Vossa Senhoria por aqui antes — gaguejou Lao Mu.

— Não sou Vossa Senhoria — o cavalheiro corrigiu-o, piscando para ele. — Pode me chamar de senhor Huli.

Lao Mu olhou furtivamente para o cavalheiro, cujo nome soava como a palavra "raposa" em chinês. O homem parecia não ter idade. Pontinhos dourados dançavam no fundo de seus olhos esverdeados, que de algum modo pareciam familiares.

— Moro aqui perto — disse o senhor Huli, pegando Lao Mu pelo cotovelo, como se fossem velhos amigos. — Fui fazer compras na aldeia — disse, mostrando sua cesta. Sem querer, Lao Mu olhou de relance para seu conteúdo. Tinha esquecido o gosto da carne de porco e do vinho!

— Venha jantar comigo — convidou o senhor Huli. Embora cada músculo do seu corpo ansiasse por aceitar, Lao Mu se conteve.

— Será que sua esposa está à sua espera? — perguntou suavemente o senhor Huli.

Lao Mu negou, balançando a cabeça, e corou.

— Ora! — exclamou o senhor Huli. Constrangido por um momento, logo voltou a se animar. — Nesse caso, não há razão para não vir.

O senhor Huli apertou um pouco mais o cotovelo do camponês. Uma lufada de vento soprou poeira no rosto de Lao Mu, fazendo-o piscar. No momento seguinte, viu-se em uma sala longa e estreita, mobiliada com simplicidade, mas com elegância. A madeira da mesa e das cadeiras tinha um brilho cálido. Os arabescos nas paredes e os poucos ornamentos dispersos emprestavam à sala um ar de paz e tranqüilidade. Uma porta delicadamente esculpida em forma de lua, coberta com cortinas de seda, separava-a de um aposento interno, do qual emanava o aroma de comida sendo preparada.

— Bem-vindo ao meu humilde lar — disse o senhor Huli. Fez Lao Mu sentar-se no lugar de honra, de frente para o sul, e, colocando uma bandeja de doces e chá diante do convidado, insistiu para que ele se servisse, enquanto esperavam pelo jantar.

Lao Mu estava deslumbrado. Os aristocratas sempre o trataram com desprezo, por isso ele simplesmente não sabia como reagir. O senhor Huli logo o deixou à vontade. Então, a cortina que os separava do outro aposento abriu-se, e o senhor Huli conduziu-o até uma mesa repleta de guloseimas. O anfitrião provava dos alimentos, mas os melhores bocados ele oferecia ao convidado. O delicioso vinho cor de mel dissolveu as últimas resistências de Lao Mu.

— Ou estou sonhando — balbuciou —, ou estou bêbado!

Lao Mu acordou em seu *kang* (ou plataforma de dormir), sem saber ao certo se sonhara com os acontecimentos de que se lembrava tão vivamente, ou se eles haviam ocorrido de fato.

Foi só quando soprou o vento norte que ele se encontrou novamente com o senhor Huli. O velho cavalheiro mostrou a Lao Mu o depósito secreto de raízes e ervas que ele recolhera naquele dia, nomeando cada uma e descrevendo com desenvoltura suas propriedades medicinais.

— Eu poderia mostrar-lhe várias coisas. Há muita riqueza naquela floresta, para quem tem conhecimento — disse o senhor Huli, olhando significativamente para Lao Mu. — E uma oportunidade para servir a um semelhante também —

ele concluiu, girando entre os dedos uma raiz de aspecto misterioso.

O sangue subiu ao rosto de Lao Mu. Tudo o que ele sabia, aprendera por tentativa e erro. Havia muita coisa ainda que gostaria de saber, mas não tinha a quem perguntar. O senhor Huli parecia acessível, mas há uma grande diferença entre admitir a própria ignorância para si mesmo e mostrá-la aos outros.

Percebendo sua hesitação, o senhor Huli abaixou o capuz de sua capa, deixando aparecer só seus olhos esverdeados. — Conversaremos novamente — disse, divertido.

Soprou um vento inesperado, e ele desapareceu no redemoinho de poeira.

Lao Mu ficou inquieto durante os dias escuros e curtos de inverno que se seguiram. Foi à floresta procurar as ervas que o senhor Huli havia lhe mostrado, mas era difícil encontrá-las, já que ele não sabia onde procurar. Por isso, ficou muito contente quando, por acaso, encontrou o senhor Huli em uma tarefa semelhante.

— Ah! Que bom que nos encontramos! — riu discretamente o senhor Huli. — Você pode me ajudar. Preciso de um par de mãos fortes para cavar algumas raízes — e mostrou a mão direita ferida a Lao Mu. — Não é de muita serventia — suspirou, pesaroso.

Lao Mu quis dizer alguma coisa, mas, não encontrando as palavras apropriadas, concordou com a cabeça. Os dois entraram na floresta e, enquanto andavam, o senhor Huli apontava isto e aquilo. Lao Mu esforçava-se para acompanhar tudo, memorizando cada palavra. Quando o sol mergulhou no horizonte, o senhor Huli anunciou: — Você vai jantar comigo. Depois, experimentaremos o chá feito com as ervas que me ajudou a colher.

Lao Mu inclinou-se, aprovando com entusiasmo. Havia aprendido muito naquela tarde, e tinha sede de aprender mais.

Mais tarde, durante o chá, Lao Mu ouvia, hipnotizado, o senhor Huli falar. De repente, o senhor Huli perguntou:

— Se você pudesse realizar um desejo, qual seria?

Pego de surpresa, Lao Mu deixou escapar a primeira coisa que lhe veio à cabeça.

— ... Ser... o melhor...

Assim que pronunciou essas palavras, ficou constrangido.

— O que quer dizer com o melhor? — o senhor Huli perguntou brandamente, mas sua pergunta foi como uma explosão.

Lao Mu olhou à sua volta, procurando uma resposta. O senhor Huli seguiu seu olhar.

Quando via seus pais se matarem de trabalhar, Lao Mu jurava que jamais terminaria da mesma maneira. Ser o melhor era ter a mesma vida de Wang, o dono de suas terras, a cuja casa ele ia timidamente a cada três meses, para pagar o aluguel e os impostos. Finalmente ele balbuciou: — Ter... terras... Ser... respeitado... Viver decentemente.

O rosto do senhor Huli toldou-se por um instante e, então, sua voz repercutiu na mente de Lao Mu:

— Eu lhe ensinarei, sob a condição de que se coloque inteiramente em minhas mãos. Mas — avisou — o conhecimento é uma faca de dois gumes, que tanto pode enriquecer como destruir...

— Oriente-me, Mestre! — exclamou Lao Mu, ajoelhando-se e encostando a cabeça no chão.

O senhor Huli levantou-o gentilmente.

— Não há necessidade de se humilhar — admoestou.

O aprendizado de Lao Mu começou imediatamente. O senhor Huli aparecia todo dia ao anoitecer e, no minuto seguinte, Lao Mu via-se no escritório do velho, cheio de livros.

O senhor Huli descortinou todo um mundo novo para Lao Mu. Discorreu sobre o passado e o presente, e sobre como esse conhecimento poderia ser usado para obter uma idéia do futuro. Mas o senhor Huli também era prático. Ensinou Lao Mu a cultivar a terra, a fazer rotação de culturas, mostrou-lhe onde cavar para achar água. Lao Mu absorvia tudo, como uma esponja. Quando o inverno deu lugar à primavera, ele estava ansioso para colocar em prática o que aprendera. Durante o período de trabalho intenso, o senhor Huli não apareceu. Contudo, de vez em quando, uma raposa surgia na orla da floresta, como se o estivesse observando de longe. No outono seguinte, o mísero pedacinho de terra de Lao Mu respondeu com uma colheita abundante.

Quando a cortina cinza de fumaça corrosiva da queima de restos de vegetação encheu o ar, o senhor Huli voltou.

— Mestre! — exclamou Lao Mu, correndo para saudá-lo. — Tenho ótimas notícias!

Pela primeira vez na vida, ele não se preocupara com o pagamento do aluguel e dos impostos. A despensa estava cheia. Ele até escondera em um canto de seu *kang*, embaixo de um tijolo solto, algumas moedas ganhas com a venda de ervas medicinais.

O senhor Huli parecia satisfeito, mas disse a Lao Mu que ainda havia muito o que aprender. As aulas recomeçaram.

Muitos invernos depois, Wang, o proprietário das terras, passou por tempos difíceis, e Lao Mu comprou por um bom preço as terras em que trabalhava, e também uma pequena gleba inculta. A vida de Lao Mu estava mudando. Seu sucesso lhe valeu o respeito invejoso dos aldeões. Logo, estavam procurando seus conselhos em uma ou outra questão. Até mesmo o agenciador de casamentos começou a aparecer com algumas ofertas. Lao Mu resolvia tudo com facilidade. Pensou estar, finalmente, prestes a realizar seu sonho. Porém, no fundo de sua alma, persistia um sentimento de que faltava algo. Na primeira oportunidade, levantou a questão para seu mentor.

— Mestre, quando vou ser realmente o melhor?

As sobrancelhas do senhor Huli ergueram-se tanto, que quase desapareceram por baixo do chapéu. Ele replicou:

— Não é uma questão de "quando", mas de como você se sente aqui — e pousou de leve uma das mãos sobre o coração de Lao Mu.

— Como devo me sentir? — bradou Lao Mu. O único modelo que tinha era Wang, o antigo proprietário de suas terras. O senhor Huli franziu os lábios, pensativo. Lao Mu, contendo a respiração, esperou que ele falasse.

— Talvez você devesse ser apresentado à sociedade — o senhor Huli disse, finalmente.

— Quando? — perguntou Lao Mu, ansioso.

— Esta noite — disse o senhor Huli, abrindo um sorriso. — Iremos a um banquete que, na minha opinião, você vai achar... esclarecedor...

— Mas não posso — lamentou-se Lao Mu —, não tenho roupa apropriada e...

Antes que pudesse terminar, um redemoinho depositou-o no vestíbulo de uma casa magnífica. Viu sua imagem refletida em um espelho e não conseguia acreditar em seus olhos. Seu rosto estava barbeado, seu cabelo assentado. Vestia uma elegante túnica marrom, e uma carteira recheada deixava seu bolso agradavelmente volumoso. Ele e o senhor Huli poderiam facilmente passar por pai e filho!

— Não aceite uma terceira taça de vinho — disse o senhor Huli, em voz baixa — e não demore quando eu o chamar para irmos embora.

Antes que ele terminasse de falar, o anfitrião encaminhou-se até eles.

— O que devo fazer? — gaguejou Lao Mu, em pânico, pois o dono da casa era, simplesmente, Wang.

O senhor Huli cumprimentou Wang calorosamente e apresentou Lao Mu como seu protegido.

— Já tive o prazer de conhecê-lo? — Wang perguntou, examinando o rosto de Lao Mu.

Lao Mu desconversou dizendo que tinha chegado recentemente do sul. Sua atuação como cavalheiro que viajava a passeio era impecável. Seus modos e suas respostas espirituosas atraíam sorrisos de aprovação de todos à sua volta. Sentado entre um homem de letras e um negociante, Lao Mu percebeu como era preciso pouco para impressionar aqueles homens levianos e venais. Serviu-se de um pouco dos copiosos pratos que eram postos diante dele, mas recusou o vinho.

Quando trouxeram um vinho do sul, o negociante bajulador, notando sua abstinência, insistiu para que aceitasse uma taça. Lao Mu não pôde recusar.

À medida que o vinho escorria por sua garganta, o aposento se enchia de um brilho dourado, como um raio de sol filtrando-se pela neblina em um dia de inverno. Lao Mu viu-se alguns anos mais velho, construindo uma nova casa. Não era uma mansão, mas era muito melhor do que a choupana em que ele morava. Painéis vermelhos de papel, com o símbolo duplo da felicidade gravado em dourado, enfeitavam portas e janelas, indicando um casamento iminente. A bruma dourada dissipou-se, mas a felicidade persistiu.

— É mesmo um vinho maravilhoso! — ouviu-se dizer.

— Então, tome mais — insistiu seu companheiro.

O aviso do senhor Huli repercutiu na mente de Lao Mu. "Esta é apenas a segunda taça", pensou, e bebeu novamente. Uma vez mais uma neblina dourada o envolveu.

Desta vez, viu-se ainda mais velho, morando na mansão em que estava participando do banquete. Seu sonho mais fantástico se tornara realidade! Lao Mu viu-se caminhando arrogantemente pelos aposentos. Tudo era dele. Bajuladores seguiam seus passos por toda parte, absorvendo cada palavra sua. Finalmente ele era o melhor. De repente, a cena mudou. Os sorrisos servis transformaram-se em olhares de cobiça, inveja e ódio. De todos os lados, mãos ávidas enroscavam-se nele como garras de aves de rapina.

Ele ficou aliviado quando a visão se dissipou.

— Todos foram às mesas de jogo — murmurou seu companheiro de mesa. — Nós dois precisamos terminar este vinho excelente...

Antes que Lao Mu pudesse recusar, o homem já tinha enchido sua taça. Trêmulo, ele tomou o vinho, apesar do aviso do senhor Huli. Imediatamente, uma sufocante névoa cinzenta o envolveu, enchendo-o de tanto pavor que ele começou a chorar.

— Não pensei que você fosse do tipo que chora quando bebe — seu companheiro riu-se maldosamente. — Venha. Uma mesa de jogo vai animá-lo.

Nesse momento, a voz do senhor Huli soou firme e clara:

— Venha comigo!

O senhor Huli estava esperando na porta, grave e circunspecto, mas o outro também insistia.

Lao Mu sentia-se atraído pelo barulho e pela alegria das mesas de jogo, como mariposa pela chama.

— Venha já! — o senhor Huli disse, zangado.

— Só uma jogada de dados! — Lao Mu retrucou, desafiador.

A neblina diante de seus olhos se dissipou. Observou os dados rolarem para o outro lado da mesa, muito ao longe, como se estivesse olhando por um telescópio ao contrário. Um dilúvio de vozes dominou-o completamente. Indefeso, via mãos agarrarem rapidamente as moedas que jogara na mesa e, depois, pegarem sua carteira.

— Não! — gritou, golpeando às cegas os que estavam mais perto dele. — Não podem tomar tudo o que eu tenho!

Um silêncio sinistro caiu sobre a multidão.

— Acabem com ele! — o anfitrião foi o primeiro a quebrar o silêncio.

O verniz de civilidade caiu por terra com enorme rapidez. Deram-lhe uma enorme surra antes de jogá-lo para fora da casa.

Machucado, as roupas finas em farrapos, Lao Mu voltou exausto para casa. O lampião estava preparado, o fogo aceso, e uma chaleira de água fervia sobre as chamas quando ele chegou. Lao Mu nunca pensou que pudesse sentir-se feliz por estar no aconchego de seu lar. Ocorreu-lhe que tudo o que precisava estava entre as quatro paredes de sua própria casa, e que o melhor que a vida pode oferecer é paz no coração.

As raposas

As dificuldades de Wong Shung começaram com a guerra. Os invasores deixaram sua cidade em ruínas, mas ele continuou vivendo lá. Como era um bom marceneiro, sabia que conseguiria sobreviver quando a reconstrução começasse.

Enquanto a cidade ainda se recompunha, soldados desgarrados dos exércitos de guerra atacaram-na como uma revoada de gafanhotos, destruindo tudo o que não conseguiam carregar. Indefeso, Wong Shung viu sua casa e sua oficina serem reduzidas a cinzas. Mesmo assim, Wong Shung não sairia do lugar que tinha sido o lar de gerações e gerações de Wongs. Mas uma desgraça nunca vem sozinha e, quando a peste dizimou sua família, ele só pensou em continuar vivo. Fez uma trouxa com alguns pertences salvos das ruínas de sua casa, prendeu-a com uma correia às costas e, caminhando com dificuldade, saiu da cidade. Como era um homem frugal, escondera algumas moedas embaixo do piso do quarto de dormir, que agora formavam em seu bolso um volume consolador. "Os marceneiros conseguem sobreviver em qualquer lugar", Wong Shung tranqüilizou-se.

A estrada que levava para fora da cidade estava apinhada de gente que partia pelo mesmo motivo. Wong Shung não tinha planos, a não ser deixar o lugar em que se tornara impossível viver. A vinte quilômetros dali, a estrada se bifurcava. Wong Shung desamarrou a carga das costas, sentou-se para roer um pãozinho seco e para resolver que caminho seguir.

— Olá, irmão! — gritou um estranho. — Venha conosco! Seguindo a estrada há uma cidade próspera. Todos nós vamos para lá ganhar a vida!

Wong Shung balançou a cabeça. Havia gente demais rumando naquela direção. Era melhor seguir o outro caminho.

A estrada serpenteava por fazendas arruinadas, em direção às montanhas lilás-azuladas no horizonte. As casas de fazenda por onde ele passava eram carcaças queimadas. O céu começou a escurecer. Os passarinhos que chilreavam nas árvores silenciaram. O vento gemia como um fantasma triste no vazio escuro que o envolvia. Wong Shung sentou-se ao abrigo de uma enorme pedra à beira da estrada. Percebeu o quanto se preparara mal ao partir, pois ao longo do dia já havia comido tudo o que trouxera. Apesar dos roncos do seu estômago, embrulhou-se na capa e, fazendo os pertences de travesseiro, tentou dormir.

Já havia adormecido quando um barulho o acordou. Ficou completamente imóvel por um momento, até que, lentamente, identificou o ruído de cascos de cavalos que se aproximavam, puxando algum tipo de veículo. Wong Shung recolheu depressa suas coisas, cobriu-as com a volumosa capa e escondeu-se num campo perto dali, atrás de uma pilha de folhas e talos de sorgo. Logo depois, surgiu na curva na estrada um coche sem iluminação, puxado por uma parelha de cavalos pretos, que parou abruptamente perto de Wong Shung, que tremia de medo.

O cocheiro apeou, ágil como um gato. Primeiro foi verificar os cavalos, dando tapinhas suaves em seus focinhos, falando-lhes baixinho, como se fossem crianças. Depois, voltou-se para o campo e pôs-se a farejar o ar.

— Saia, saia, seja você quem for — cantarolou, parecendo olhar diretamente para Wong Shung.

Wong Shung mal respirava. Fechou os olhos com força, como se assim pudesse fazer desaparecer aquele vulto parado à beira da estrada.

O homem deu um risinho: — Sei que você está aí...

"Hoje em dia, é preciso ter cuidado", pensou Wong Shung. Aquele homem poderia ser um bandido impiedoso, capaz de roubar e matar como quem diz as horas! Se pudesse, Wong Shung cavaria um buraco no chão. Como não podia, jazia deitado como um molambo, esperando que o outro fosse embora. De olhos fechados, ouvia os sons ampliados. O homem voltara ao coche e conversava em voz baixa com alguém. Quando o coche parecia prestes a prosseguir seu caminho, um pé pousou de leve ao lado da sua cabeça. No momento seguinte, Wong Shung foi agarrado bruscamente pelos cabelos e forçado a ficar em pé.

— Bem, o que temos aqui? — riu seu raptor.

— Apenas um pobre viajante, meu senhor — disse Wang Shung, tremendo. — Por favor, não me machuque! Não suporto dor!

— Meu senhor! — arremedou o homem. Uma risada estridente de mulher saiu de dentro da escuridão do coche. Wong Shung tentou se soltar, mas o outro ergueu-o do chão e arrastou-o, na ponta dos pés, até o coche.

— Não vou machucá-lo — disse o cocheiro, em tom bem-humorado —, se me prometer não fugir.

Na mesma hora Wong Shung concordou com a cabeça. O outro apertou-o com o corpo contra a lateral do coche, envernizada de preto, acabando com qualquer possibilidade de fuga.

— O que você achou, querido irmão? — ressoou a voz da jovem de dentro do coche.

O homem chegou o rosto bem perto de Wong Shung.

— Um homem — respondeu, lacônico.
— Como ele é?
— Médio.
— Ora, o que quer dizer isso? — a voz da jovem subiu um tom.

Wong Shung achou que queria dizer "comum", tal como as pessoas usam palavras como "simpático" e "bonitinho" quando, na verdade, querem dizer que algo poderia ser melhor. Num ímpeto de raiva, tentou empurrar o homem para o lado, achando que poderia sumir no meio da noite. Mas o homem era forte demais para ele. Uma das mãos enrodilhou os longos dedos em volta de seu pescoço e a outra agarrou-o pelos fundilhos. Wong Shung aterrissou no assento ao lado do condutor com um baque tão forte que sentiu o cérebro chacoalhar. Aturdido, percebeu que o coche voava estrada abaixo. O cocheiro chicoteava os cavalos, que chegavam a espumar. Wong Shung agarrou-se à boléia até as juntas de seus dedos doerem. Era a única coisa que podia fazer para não ser atirado para fora. O condutor berrava para o céu uma canção estranha, acordando bandos de pássaros que levantavam vôo ruidosamente.

Finalmente, o condutor permitiu que os cavalos diminuíssem o ritmo. Wong Shung suspirou, aliviado.

— Quem é o senhor? — perguntou Wong Shung, ofegante. Agora que seus olhos tinham se acostumado ao escuro, Wong Shung via um rosto delgado, de maçãs proeminentes, um nariz longo e delicado e uma boca larga.

— Pode me chamar de Raposa, de Raposa Encantada — disse o homem. Apontando o coche com o queixo, acrescentou: — Aquela é minha irmã, Hu Mei.

— Está caçoando de mim, senhor — Wong Shung fez o possível para parecer indignado. "Raposas ancestrais que à noite se transformam em humanos só existem nos contos de fada", disse a si mesmo. Ainda assim, lançou mais um olhar nervoso para o companheiro. A não ser pelos olhos, que pareciam penetrar no âmago da alma de Wong Shung, seu raptor era igual a qualquer outro ser humano.

— Para onde está me levando?

O condutor examinou-o atentamente antes de responder. — Qualquer lugar é melhor do que aquele de onde você veio.

Wong Shung não podia desmenti-lo.

— Não fique emburrado — disse o condutor, por sobre os ombros. — Não há nada mais desagradável do que a companhia de um hóspede mal-humorado.

Wong Shung ficou de cabelos em pé.

— Não vale a pena me manter como refém — disse, sem fôlego. — Não restou ninguém da família para pagar meu resgate. O senhor bem poderia me deixar ir embora.

O condutor sacudiu a cabeça e suspirou.

— Wong Shung, como você é tolo! Relaxe!

Wong Shung arregalou os olhos. O homem sabia seu nome!

O homem deu uma risadinha: — Sei muita coisa sobre você.

Raposa balançou as rédeas e, novamente, o coche partiu a toda. Wong Shung alegrou-se quando pararam em frente a uma casa grande. Raposa apeou e entrou rapidamente. Logo voltou com um lampião aceso. Estendeu a mão e puxou Wong Shung para fora do coche.

— Ilumine o caminho para minha irmã — pediu, passando-lhe o lampião. — Vou cuidar dos cavalos. Os criados estão dormindo.

Ele segurou a porta do coche aberta, deixando sair uma moça que vestia uma capa pesada.

Por um momento, seu capuz manteve seu rosto na sombra. Quando ela parou e se virou, a luz iluminou um rostinho em forma de coração, dominado por olhos brilhantes cor de âmbar. A moça tinha a boca pequena e um narizinho petulante e obstinado. Era uma beleza clássica. Raposa chutou o traseiro de Wong Shung, lançando-o dentro da casa, na frente da moça.

Por um longo corredor, a jovem o levou até um quarto abafado, cujos móveis estavam cobertos por lençóis pesados de poeira. A jovem examinou com desdém o enorme aposento desabitado. Com um gesto imperioso, ordenou que se abrisse uma janela. Wong Shung pulou para obedecer, ciente de estar sendo observado enquanto lidava com o trinco enferrujado. A janela se abriu de repente. Wong Shung virou-se e quase se chocou contra a jovem, que estava bem atrás dele. Levantando o lampião, ela o examinou como se Wong Shung fosse um animal exótico.

Naquele instante, Raposa entrou, vindo de algum lugar do fundo da casa.

— Por que demorou tanto, caro irmão? — a jovem perguntou, petulante, sem tirar os olhos de Wong Shung. Os dedos de sua mão delgada tamborilavam na mesa ao lado mostrando impaciência.

— Precisava cuidar dos cavalos — respondeu Raposa.

— Suponho que queira se recolher... — acrescentou.

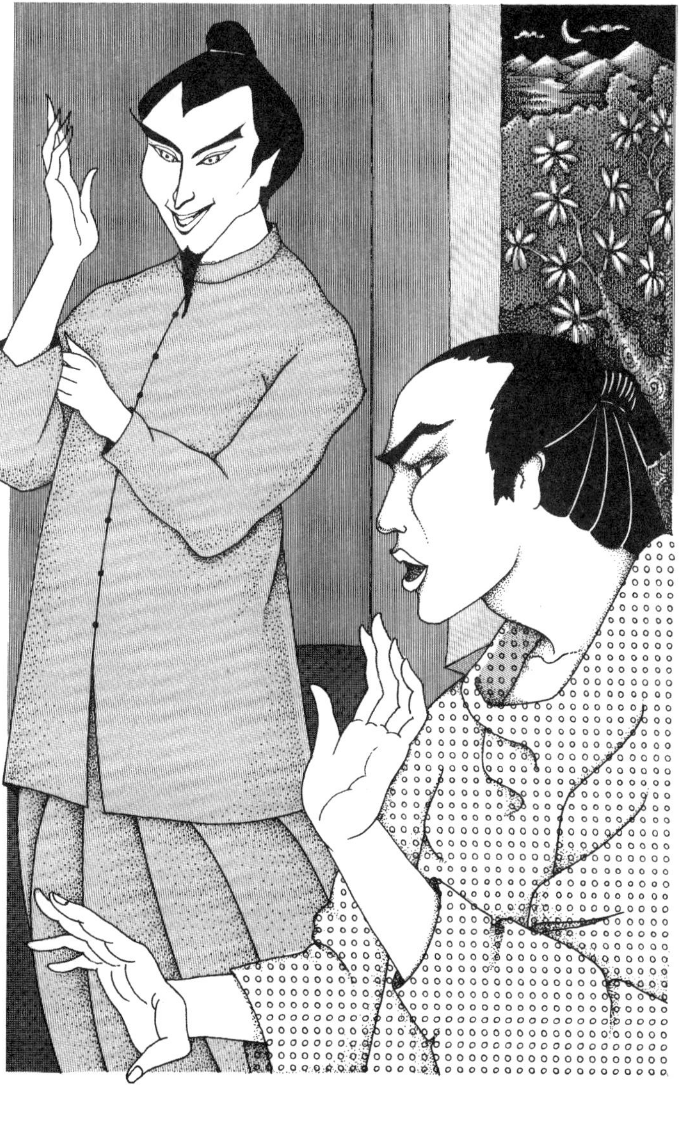

Hu Mei deu de ombros, impaciente.

Raposa tomou o lampião que ela segurava.

— Você dormirá aqui — ele disse a Wong Shung, erguendo o lampião e girando nos calcanhares, para mostrar o quarto. — Use o *kang* ou a espreguiçadeira, o que preferir. Não mexa em mais nada. E nem pense em escapar...

Saiu, acompanhando a irmã, e Wong Shung ficou no escuro.

Agora que tinha visto melhor seus estranhos raptores, Wong Shung sentia menos medo. Eles certamente correspondiam às histórias de Raposas Encantadas, que assumiam a forma de uma mulher bonita ou de um jovem arrojado. Entretanto, logo ele descartou essa idéia absurda. Era mais fácil acreditar que os dois estivessem usando a superstição só para confundi-lo. No entanto, ter um teto sob o qual se abrigar era bem melhor do que dormir ao relento. Quando foi fechar a janela por causa da aragem noturna, Wong Shung percebeu sombras que se movimentavam, projetando-se num painel iluminado, do outro lado do pátio. Vozes rompiam o silêncio.

— Tem certeza de que ele serve? — Wong Shung ouviu Hu Mei dizer, com voz melodiosa.

Também ouvia indistintamente a voz do irmão, de algum lugar do fundo do aposento.

Evidentemente ele disse algo que desagradou à irmã. A voz dela soou bem zangada, até estridente. As sombras que tremulavam no retalho de luz indicavam que os dois estavam agitados. Quando chegou mais perto, Wong Shung ouviu Raposa dizer num tom conciliador:

— ... Mas ele tem outras qualidades. Você precisa de alguém que... — Wong Shung não conseguiu ouvir mais nada. Em seguida, a luz se apagou.

Deitado no *kang*, Wong Shung refletia sobre o que ouvira. Tinha certeza de que irmão e irmã falavam sobre ele. O homem que dizia chamar-se Raposa decerto acreditava saber muito sobre ele, mas era a opinião de Hu Mei que contava, e ela tinha a ver com sua aparência. Instintivamente, pôs a mão no rosto.

— O que há de errado com a minha aparência? — perguntou-se Wong Shung. Certa vez, uma cartomante dissera que a testa alta e as sobrancelhas grossas que se juntavam acima do nariz eram sinais de talento e inteligência. E ele era um excelente artesão e marceneiro, modéstia à parte. A bem da verdade, sua cabeça era meio quadrada, mas o queixo forte revelava determinação. Até aí, tudo bem. Contudo, o nariz atarracado, de narinas frementes, os lábios grossos e escuros, e principalmente os olhos redondos desfaziam a primeira impressão. Davam-lhe uma aparência bovina. A última imagem que lhe veio à mente, antes de adormecer, foi de Hu Mei analisando-o, a cabeça inclinada para o lado, zombeteira.

O sol já estava alto quando Wong Shung acordou. Sobre a mesa encontrou uma bandeja com comida e talheres para uma pessoa e, junto à porta, um jarro com água e uma bacia. Naquele momento, estava faminto demais para pensar em outra coisa que não fosse comida. Devorou um prato de bolinhos de carne quentes e uma tigela de macarrão com molho espesso, além de duas xícaras de um chá excelente, antes de ler o bilhete em cima da mesa.

"Minha irmã e eu esperamos que se sinta bem por aqui. Assim que decidirmos sobre o que fazer com você, comunicaremos pessoalmente. Nesse meio-tempo, nossos criados estarão atentos às suas necessidades."

Um exame rápido do aposento revelou que, por baixo dos lençóis que os protegiam, os móveis, outrora elegantes, estavam estragados devido ao longo abandono. Era evidente que os irmãos precisavam de mobília nova. "Contudo, ninguém seqüestra um marceneiro para mobiliar a casa", pensou Wong Shung, indignado. Quanto mais pensava nisso, mais zangado ficava. A porta do quarto estava só encostada. Ele abriu-a e gritou para chamar os criados, mas ninguém apareceu. Sons indistintos fizeram-no disparar pelo corredor, berrando, abrindo e fechando portas. Os quartos de ambos os lados estavam todos empoeirados e vazios. Por fim, começou a compreender que estava sozinho.

Quem eram eles? O que queriam? Por que viviam isolados? Uma pergunta levava à outra. E se eles fossem Raposas Encantadas? O medo voltou. Wong Shung deu-se conta de que precisava aproveitar ao máximo a claridade do dia, quando as Raposas Encantadas ficam indefesas, e fugir para o mais longe possível. Voltou pelo mesmo caminho ao quarto em que havia dormido, pegou sua trouxa e percorreu o corredor na direção oposta, procurando o lugar pelo qual lembrava ter entrado na noite anterior. Em um quarto, Wong Shung deparou com um armário vermelho de madeira com guarnições de metal brilhante, que parecia novo, mas tinha um trinco quebrado. Curioso, abriu-o. O que viu deixou-o de queixo caído. Encostou a cabeça no armário, respirou fundo e olhou de novo. Dentro dele havia lingotes de ouro empilhados em pirâmide. Havia mais ouro do que ele jamais ousara sonhar, ao alcance de sua mão!

"O ouro é a chave para o futuro!" — foi o que irrompeu em sua mente. De repente, tudo se tornou possível.

Wong Shung atravessou o quarto na ponta dos pés, o coração na boca, e encostou o ouvido na janela. Só ouvia pardais chilreando e as folhas das árvores farfalhando ao vento. Testou uma porta que dava para fora, abrindo só uma fresta. A faixa estreita de pátio que viu estava tão abandonada quanto o resto da casa. Não havia sinal de outro ser vivo. Mesmo assim, precisava ter certeza. Esgueirou-se pelo pátio até uma janela grande, com as esquadrias elaboradamente entalhadas, provavelmente do aposento em que Raposa e sua irmã haviam estado na noite anterior. Silêncio. Molhou a ponta do dedo com saliva e enfiou-o no revestimento de papel-arroz da janela, até fazer um buraco suficientemente grande para espiar lá dentro. Duas raposas grandes estavam enrodilhadas no chão, profundamente adormecidas.

Wong Shung começou a suar frio. Voltou depressa ao armário, jogou suas preciosas ferramentas no chão, enrolou em algumas roupas todos os lingotes de ouro que conseguiria carregar e prendeu a trouxa às costas. Em vez de procurar a entrada da casa, trepou em uma velha castanheira no meio do pátio e, depois, balançando-se, alcançou o telhado. Deslizou como um lagarto até o topo e olhou por sobre a beirada. Um arvoredo escondia a casa dos campos abertos ao longe. Wong Shung escorregou pelo lado oposto do telhado e caiu silenciosamente no chão. Não tinha idéia de onde estava, nem queria ter. Seu único pensamento era estar o mais longe possível da casa das raposas antes do crepúsculo.

Wong Shung tentou se confortar com a idéia de que havia uma guerra e de que suas terríveis conseqüências o obrigaram a roubar. Além disso, que serventia poderia ter o ouro para duas raposas?

Mas será que as raposas adormecidas que vira eram mesmo Raposa e Hu Mei, e não ricos excêntricos? Uma voz interior lembrou Wong Shung de que as leis que se aplicam aos pobres são diferentes das que se aplicam aos ricos. Se ele fosse apanhado, os ricos lhe infligiriam castigo terrível.

Perseguido por pensamentos inquietantes, Wong Shung descobriu que um ladrão não tem amigos. Com medo de ser apanhado, o tempo todo alerta contra aqueles que poderiam separá-lo de seus ganhos ilícitos, ele evitava as principais vias públicas. Apesar do ouro, sentia frio, fome, sobrevivia de frutas silvestres e dormia em lavouras abandonadas.

Por fim, Wong Shung fez um acordo com um muladeiro bondoso. Em troca de carregar e descarregar sua carroça ao longo do caminho, o muladeiro concordou em levar Wong Shung até seu destino. Algumas semanas depois, Wong Shung chegou a um armazém junto ao Grande Canal. Trocou um lingote de ouro por dinheiro em um estabelecimento comercial e comprou uma passagem em uma barcaça que estava partindo para o sul.

A planície norte onde nascera ficara para trás, mas Wong Shung ainda sentia medo. Perambulou sem descanso até encontrar uma cidadezinha calma junto ao lago Dong Ting, onde se estabeleceu. Com uma pequena parte do ouro, comprou ferramentas novas e abriu uma oficina. Enterrou o resto dos lingotes sob o piso de sua casa. Trabalhava muito, vivia na frugalidade e não procurava companhia de outras pessoas.

Aos poucos Wong Shung foi se tornando célebre não só como marceneiro, mas também como entalhador. A imagem de Hu Mei ficara tão indelevelmente gravada em sua mente, que ele se viu coagido a reproduzi-la em esculturas de madeira tão refinadas, belas e graciosas, que as peças pareciam respirar. Logo seu trabalho era tão requisitado que ele teve que contratar aprendizes para ajudá-lo a produzir as encomendas.

A arte de Wong Shung tornou-se sua vida. Mas as compensações que ela trazia ficavam em segundo plano. Ele era conhecido como um homem agradável, que recebia a todos com um sorriso e uma palavra bondosa. Contudo, uma estranha apatia afastava-o das pessoas. Era difícil compreendê-lo. Wong Shung tornou-se um recluso.

Dez anos se passaram.

Uma noite, bem tarde, bateram à porta. Wong Shung nunca recebia visitas depois de escurecer. Entretanto, um aprendiz novo abriu a porta. Logo em seguida, anunciou que um cavalheiro queria ver o mestre. Wong Shung ia repreender o rapaz, mas o visitante já o seguira até a sala. Wong Shung ficou boquiaberto quando o homem chamado Raposa transpôs o espaço que havia entre eles em algumas passadas rápidas.

— Estou encantado em vê-lo — bradou Raposa enquanto depunha uma moeda na mão do aprendiz e fazia um sinal para dispensá-lo. Esperou até que estivessem sozinhos antes de apanhar uma vela e examinar o rosto de Wong Shung.

— Você mudou — murmurou Raposa.

O rosto de Wong Shung estava cheio de rugas e a cabeleira preta brilhante quase toda grisalha. Além disso, o marceneiro enxergava mal, e o tremor nas mãos obrigava-o a trabalhar menos do que gostaria. Por outro lado, Raposa não parecia nem um dia mais velho.

— Sou uma Raposa Encantada — Raposa piscou, travesso, lendo os pensamentos de Wong Shung. — Não envelhecemos nem morremos. Mas você — acrescentou, radiante — está exatamente do jeito que eu esperava encontrá-lo! Bem-sucedido, respeitado, rico!

Wong Shung não entendeu a observação. Encheu-se de coragem e arriscou.

— Desculpe-me por roubar seu ouro — disse precipitadamente. — Eu estava desesperado. Devolverei com juros se me conceder um dia ou dois para tomar as providências...

O visitante deu uma risadinha zombeteira.

— Se eu quisesse o ouro, era só pegá-lo — disse, pulando com agilidade de um ponto para o outro, pousando infalivelmente em cada um dos esconderijos que Wong Shung mantinha sob o piso.

Wong Shung empalideceu. Com um enorme zumbido nos ouvidos, ouviu Raposa dizer que o ouro era um pagamento adiantado.

— O que você quer? — perguntou Wong Shung, a voz trêmula.

Raposa abriu um largo sorriso, sem nenhuma pressa de revelar o que passava pela sua cabeça.

— Em troca do ouro, que não serve de nada para nós — começou, brincalhão —, minha irmã e eu desejamos o que não tem serventia para você.

Enquanto Wong Shung refletia sobre o enigma, Raposa andava pela sala, examinando várias imagens de sua irmã, prontas ou em execução. Parou diante de uma escultura em tamanho natural da jovem dançando e virou-a de um lado e de outro, para que a luz incidisse sobre ela. Era a primeira das inúmeras representações de Hu Mei que Wong Shung havia feito. Em sua opinião, a mais bonita. Por isso, guardava-a, ciosamente.

— Minha irmã ficará lisonjeada — murmurou Raposa, num tom de gratidão.

Wong Shung ficou consternado. Se o visitante exigisse, teria que entregá-la, e perdê-la partiria seu coração.

A conversa tomou outro rumo.

— Já era tempo de minha irmã estar casada... — anunciou Raposa, desviando o olhar da estátua para Wong Shung.

Wong Shung era solteiro. Durante todos aqueles anos ansiara por uma companheira ideal, sem nunca identificar o que desejava. De repente, identificou. O fato de Raposa lembrar o assunto era um sinal de que, mesmo que houvesse diferenças entre eles, estas haviam deixado de ser importantes.

Por um breve momento, Wong Shung esteve a ponto de pedir a mão de Hu Mei. Então, olhou rapidamente para seu reflexo na porta de vidro de um armário e corou. Tinha envelhecido antes do tempo. Desejou ser novamente jovem e vigoroso, mas era tarde demais. Raposa observava-o, com um sorriso sagaz.

Wong Shung afastou bruscamente aquele pensamento impossível da cabeça.

— Você vai precisar do ouro para o dote de sua irmã — disse Wong Shung, esforçando-se para desviar a atenção de Raposa da estátua.

Raposa acomodou-se em uma cadeira, dando um suspiro de cansaço.

— Não é tão simples assim — começou. — Você está me vendo como eu era na época conhecida em sua história como "As comunidades em guerra"...

— Isso aconteceu há mais de mil anos — disse Wong Shung, sem fôlego —, ninguém vive tanto assim.

— As Raposas Encantadas vivem — disse Raposa. — Minha irmã é um pouco mais nova. Mas ser eternamente jovem e bonito acaba se tornando um fardo.

— Um fardo pelo qual eu daria minha alma — murmurou Wong Shung.

Raposa continuou como se não tivesse ouvido.

— De dia, somos raposas. À noite, somos como você, só que estamos fadados a imitar e observar. Minha irmã e eu vagamos por absolutamente todos os lugares que existem na face da Terra, experimentamos todos os prazeres, mas não nos sentimos realizados. Ansiamos por ser realmente humanos.

Wong Shung pensou com seus botões: "Se eu tivesse a juventude, e minha vida durasse para sempre, não pediria mais nada." Raposa adivinhou o pensamento de Wong Shung.

— O que em geral distingue a minha espécie da sua é o medo. Obviamente, você é uma exceção...

Wong Shung não estava ouvindo, seus pensamentos dispararam.

— O amor supera tudo — murmurou.

— Acredito que goste de verdade de minha irmã — Raposa sacudiu com delicadeza os ombros de Wong Shung. — Você obterá a juventude eterna se desposar minha irmã.

O comentário de Raposa soou como um clarim. Wong Shung não hesitou em aceitar.

— Hoje à noite mesmo você irá comigo para o lugar em que minha irmã está esperando, onde irão se casar. Você vai morar com ela e cuidar dela; não estarei por perto — seu gesto sugeria que suas viagens eram assunto seu. — Minha irmã vai ajudá-lo a tornar-se uma criatura da noite como nós...

— O que acontecerá, então? — gaguejou Wong Shung.

— Ora, você terá a imortalidade que almeja. Vamos selar o pacto. — Sentiu o sorriso de Raposa como uma mão gelada estrangulando seu coração.

Raposa tirou um grampo do coque, furou o polegar e mandou que Wong Shung fizesse o mesmo. Eles apertaram os polegares ensangüentados, e o pacto foi selado.

Os olhos de Wong Shung ficaram pesados. Ele fechou-os por um instante. Quando os abriu, estava em um lugar diferente. Tudo era novo e excitante. Em vez da roupa empoeirada, trajava uma túnica para a cerimônia de casamento. Agarrou um espelho e ficou boquiaberto com seu reflexo. Era como se tivesse vinte anos de novo, só que suas feições estavam mais suaves, mais refinadas.

— Venha — Raposa deu uma risadinha do outro canto do aposento. — Não pode deixar sua noiva esperando!

Wong Shung e Hu Mei se casaram. Raposa só permaneceu depois da cerimônia o tempo suficiente para não parecer mal-educado e partiu.

— Você tem o que desejava — disse, apertando a mão da irmã nas suas —, agora preciso ir buscar o que desejo.

— Vá em paz — ela sorriu serenamente.

Embora uma paixão incomum os unisse, por um tempo Wong Shung não conseguiu adaptar-se completamente à vida de Raposa Encantada. Durante o dia, quando Hu Mei mergulhava em sono profundo, a habilidade recém-adquirida de ir a qualquer lugar simplesmente formulando este desejo, permitiu que Wong Shung visitasse a casa em que tinha vivido e trabalhado. Irreconhecível, misturava-se aos artistas que se apinhavam em seu estúdio, oferecendo preços irrisórios pelas obras que ele havia abandonado. O súbito desaparecimento de Wong Shung foi rapidamente interpretado como morte. A morte transformou-o em lenda, o que, por si só, é um tipo de imortalidade.

Wong Shung e Hu Mei viviam a satisfação apaixonada dos amantes para quem o tempo nada significa. Enquanto Wong Shung se adaptava à nova vida, como a borboleta emergindo do casulo, Hu Mei começou a envelhecer. Imperceptivelmente a princípio, o processo, uma vez instalado, acelerou-se. Hu Mei estava serena. O coração de Wong Shung, contudo, se encheu de angústia ao ver sua esposa jovem e bonita definhando diante de seus olhos.

— Você fez um pacto — Hu Mei lembrou meigamente a Wong Shung. — Concordou em assumir o fardo da vida eterna, para que eu pudesse encontrar o amor e a paz eterna...

Hu Mei desapareceu no éter, mas Wong Shung continua vivendo... vivendo... vivendo...

A pereira

Uma vez por ano, o fazendeiro Chang ia à cidade todo elegante.

Dias antes, seu pomar e sua fazenda fervilhavam de atividade. O fazendeiro ia de cabeça erguida, sentindo-se importante, da casa para o quintal, dali para os campos e voltava, gritando ordens a torto e a direito, mandando seus empregados correrem em todas as direções.

— Tudo deve estar absolutamente perfeito, ou vai ser o diabo! — gritava.

A carroça puxada por mulas era embelezada com uma nova camada de laca vermelha. A mula era esfregada e escovada, até o pêlo ficar reluzente. Os arreios eram polidos, e neles se penduravam sinos de cobre, que tilintavam alegremente; também eram decorados com fitas que combinavam com a cor da carroça. Mandavam o cocheiro, um menino de doze anos, cortar o cabelo e tomar um banho e davam-lhe uma jaqueta nova de algodão, adequada ao criado de um próspero fazendeiro.

Num dia de outono revigorante, depois de colher suas peras, o fazendeiro Chang carregou sua carroça e partiu para a cidade. Quando passava pelas ruas, os sinos dos arreios tilintando, o fazendeiro carrancudo empoleirava-se bem no alto na carroça, estalava o chicote, enquanto o cocheiro gritava numa voz aguda e estridente:

— Comprem as peras do fazendeiro Chang! Peras do fazendeiro Chang! As melhores do país!

— Melhores do mundo, isso sim! — resmungava o fazendeiro Chang e mandava o menino gritar mais alto.

— Coloque um pouco de emoção nessa voz! E toque este sino mais forte! Todos precisam saber que o fazendeiro Chang está na cidade!

As pessoas paravam nas calçadas, ou punham a cabeça para fora das janelas, a fim de ver a alegre carroça vermelha passar.

— Ora, vejam como o fazendeiro Chang ficou gordo e próspero! — observou alguém.

— Que bela mula e que bela carroça! — exclamou outro.

Alguns acenavam e gritavam cumprimentando, mas o fazendeiro Chang não olhava para ninguém; tinha um olhar empedernido no rosto sem expressão. Não queria conversa com aquela gente da cidade, pois eles não o tinham recebido tão bem quando a sorte lhe faltara. Agora só queria o dinheiro deles.

O fazendeiro Chang trabalhava arduamente desde que se conhecia por gente. Começou com um lote diminuto de terra e umas poucas árvores miseráveis, com as quais mal conseguia ganhar a vida, mas sonhava em desenvolver as melhores pereiras do país. Dia e noite não pensava em mais nada, além de suas árvores. Sua esposa, alma paciente e calma, labutava junto com ele, acalentando as árvores como se fossem crianças.

Os anos foram passando. A pobreza e o trabalho duro custaram caro. Em um outono, justamente quando as peras ficavam suculentas e douradas, a esposa do fazendeiro Chang adoeceu e não se levantou mais da cama. O marido vociferou contra ela, furioso. Mas ela o olhou com uma tristeza tão infinita, que ele foi engrolando as palavras até se calar.

— Talvez eu possa ajudá-lo mais do além — sussurrou. E, voltando o rosto para a parede, deu o último suspiro.

Foi enterrada sem formalidades ao pé do pomar, de onde, segundo o necromante, continuaria a supervisionar o pequeno domínio do fazendeiro

Chang. Ele marcou sua sepultura com um montículo de terra, pois o solo é precioso, e colocou na frente dele uma placa de pedra sem inscrições.

"Para que gravar algo?", raciocinou. "Sei que ela está lá, e ela também sabe. Isso basta."

A morte da mulher não comoveu o fazendeiro Chang. Ao contrário, ele ficou zangado por a esposa ter morrido bem quando precisava de mais ajuda, já que a colheita naquele ano foi pesada.

Foi então que ocorreu uma guinada na carreira do fazendeiro Chang. Daquele dia em diante, cada colheita seria melhor do que a anterior. À medida que a fama das peras se espalhava, o fazendeiro Chang ficava mais próspero. Comprou mais terras, plantou mais árvores, construiu uma boa casa e contratou empregados. Mas, embora fosse bem-sucedido, sua alma perdeu o viço. Não se importava com ninguém. Não tinha amigos. Seu pomar era a sua vida, e armazenava o dinheiro que ganhava em um esconderijo sob as lajotas do quarto.

A carroça do fazendeiro Chang serpenteou pela cidade até chegar à praça do mercado, onde parou. O fazendeiro e o cocheiro montaram um toldo sobre a carroça para proteger as peras do sol do meio-dia.

— Estou pronto para os negócios! — anunciou o fazendeiro em voz alta, levantando uma pêra em cada mão, para que todos vissem. Muitas pessoas da cidade tinham seguido o fazendeiro, enquanto ele avançava majestosamente pelas ruas. Vendia tudo rápido, embora os compradores ficassem horrorizados com o preço.

— Quem quiser as minhas peras que pague o meu preço! — escarnecia o fazendeiro Chang com desdém, enquanto agarrava as moedas de seus fregueses, distribuindo suas mercadorias como se fossem bênçãos.

Um monge mendicante chegou à praça pedindo comida. Olhou com apetite as frutas do fazendeiro.

"O homem é rico", pensou o monge. "Com certeza uma pêra não vai lhe fazer falta…"

Entrou na fila. Quando finalmente chegou diante do fazendeiro Chang, inclinou-se para cumprimentá-lo e disse em voz baixa:

— Mestre, tenho fome e sede... Em nome de Buda, poderia me ceder uma pêra?

O fazendeiro Chang arregalou os olhos, espantado. Será que estava ouvindo coisas?

Claro que não. Pois lá estava o monge, repetindo o que acabara de dizer, a voz fininha, choramingando.

— Como?... Como?... — disse o fazendeiro Chang, arquejando. — Abrir mão de uma pêra! Nunca tinha ouvido nada tão absurdo!

O monge continuou inclinando-se e pedindo. Suas roupas esfarrapadas cheiravam tão mal, que as pessoas começaram a se afastar. Quando constatou que poderia perder fregueses por causa do infeliz, o fazendeiro Chang urrou:

— Vá embora, seu monte de miséria! Suma daqui!

O monge só continuou a inclinar-se e a resmungar.

— Cuidado, não me provoque! — gritou o fazendeiro Chang —, ou deixo-o quase morto de tanto apanhar.

O fazendeiro Chang estava falando a sério, mas o monge era igualmente obstinado. Mesmo quando o chicote do fazendeiro desceu zunindo sobre sua cabeça e seus ombros, ele se manteve firme. O açoite arrancou sangue. A multidão gritou de indignação, mas ninguém tentou interferir.

Um cavalheiro que passava por ali em uma liteira ouviu o tumulto, gritou para que seus carregadores parassem e apeou para ver o que estava acontecendo. Sentiu repulsa do que viu.

— Pare! — gritou.

O fazendeiro Chang hesitou com o chicote no ar.

— O que significa esta violência? — perguntou o cavalheiro.

Dezenas de vozes imediatamente começaram a falar. O cavalheiro reconstruiu a história como pôde.

— Se todo esse estardalhaço é só por causa disso — disse, olhando com desprezo para o fazendeiro Chang —, eu compro uma pêra para ele.

Escolheu uma pêra grande e jogou uma moeda para o fazendeiro Chang. Então, conduzindo gentilmente o monge para longe da carroça, deu-lhe a fruta.

— Lembre-se de mim em suas preces — disse o cavalheiro ao subir novamente na liteira para seguir seu caminho.

O monge levou a pêra para o outro lado da praça. Sentado no chão, devorou-a toda, talo, caroço e tudo o mais, exceto uma minúscula semente. Com uma vareta que achou, cavou um buraquinho na terra endurecida e ali depôs a semente, cobrindo-a com a terra solta. Mendigou um copo de água em uma loja perto dali com a qual regou a semente recém-plantada.

— O que está fazendo, mestre? — perguntou o dono da loja.

— Esta cidade foi boa para mim — respondeu o monge. — Um cavalheiro bondoso me deu uma pêra quando eu tinha fome e sede. Plantei sua semente para que a fruta possa reanimar outros viajantes.

— É um pensamento nobre — o dono da loja coçou a cabeça —, mas a terra é dura e árida; nada brotará dela.

— Vai brotar — o monge sorriu.

Ele sentou-se ao lado do lugar onde plantara a semente da pêra, fechou os olhos e começou a cantar.

O dono da loja observava, cético. De repente, acreditou ver o chão se mover, como se algo estivesse querendo vir à superfície. Esfregou os olhos e aproximou-se. Um broto pequeno e branco aflorava no solo. O broto começou a crescer diante de seus olhos. Em pouco tempo desenvolveu-se em árvore jovem, com folhas e galhos.

— Milagre! Milagre! — gritou o dono da loja, fora de si de tanta emoção.

Seus gritos atraíram gente que acorreu de todos os cantos da praça e se agrupou em torno do monge. Os retardatários se acotovelavam e tentavam subir nos ombros dos que estavam na frente para vislumbrar a árvore mágica. O monge continuava cantando, desatento à agitação ao redor. A árvore cresceu. Apareceram botões que desabrocharam. As flores caíram, e começaram a se formar os frutos. Logo a árvore estava tão carregada, que os galhos se partiam.

A altercação com o monge, porém, tinha aborrecido tanto o fazendeiro Chang, que seu coração batia com esforço, e a respiração curta o fazia ofegar. Sentou-se à sombra da sua carroça e mal conseguiu beber uma xícara de chá que o cocheiro, assustado, aproximou de seus lábios lívidos.

— Cuide dos fregueses — arquejou. — Vou descansar um pouco.

O fazendeiro Chang tirou uma soneca. Acordou sobressaltado, pois não estava mais escutando o menino tocar o sino, nem gritar anunciando as mercadorias. O pior de tudo é que os fregueses tinham desaparecido. Levantou-se tremendo e chamou o menino pelo nome. Ninguém respondeu. Foi então que ele notou a multidão do outro lado da praça.

"Aconteceu alguma coisa terrível", pensou. "É melhor eu ficar na minha carroça."

Ficou, porém, curioso. Parou a primeira pessoa que passou e perguntou o que estava acontecendo.

— Um monge estranho plantou uma pereira mágica que cresceu e deu frutos bem diante dos nossos olhos! — exclamou o estranho. — Ele está distribuindo as frutas até agora. Juro que foi a melhor pêra que já comi!

— É impossível — escarneceu o fazendeiro Chang —, sou eu que cultivo as melhores peras... do país... — Preferiria dizer "do mundo", mas algo o impediu.

— As do monge são melhores, e são de graça — vangloriou-se o estranho.

A observação foi suficiente para fazer o fazendeiro atravessar a praça bamboleando, o mais depressa que suas pernas podiam carregá-lo. De fato, havia uma pereira onde antes só existia um espaço vazio. Em volta dela, pessoas felizes mastigavam peras, deixando cair seu suco no queixo e na roupa. O mesmo monge esfarrapado e sujo distribuía as frutas.

O fazendeiro Chang hesitou por um momento. Àquela altura, quase não havia mais frutas na árvore. Não agüentou de curiosidade. Esgueirou-se até o monge, a mão estendida e um sorriso envergonhado.

— Ah! Agora posso retribuir sua bondade, senhor — inclinou-se o monge.

Apanhou a última pêra
e deu ao fazendeiro.

O fazendeiro Chang enfiou a fruta na manga e bateu em rápida retirada. Estava morrendo de vontade de experimentá-la, mas ninguém deveria vê-lo. Afinal, não era ele que cultivava as melhores peras do país e talvez até do mundo? Abaixou-se atrás de sua carroça, longe da vista da multidão, e mordeu a pêra. Era tão doce, fresca e suculenta quanto as suas. De fato, não conseguia sentir a diferença. Devorou-a, febril, até só sobrarem as sementes. Levou-as à luz e examinou-as cuidadosamente. Eram idênticas àquelas que ele desenvolvera em anos e anos de tentativa e erro. Um pensamento terrível passou-lhe pela cabeça.

— É uma trapaça — resmungou, num sussurro.

Então, notou que sua mula estava solta, porque um dos tirantes da sua carroça arrebentara.

Com o coração batendo descontroladamente, ergueu-se na ponta dos pés e espiou o interior da carroça.

— Está vazia! — gritou. De repente, compreendeu. O monge tinha, de alguma forma, roubado sua peras. Gritou pelo cocheiro, mas o menino tinha ido embora.

Zangado, o fazendeiro Chang tornou a atravessar a praça. A multidão tinha se dispersado. O dono da loja estava varrendo alguns galhos e folhas. O fazendeiro Chang arregalou os olhos, espantado.

— Onde está o monge? — gaguejou — ... E meu cocheiro?

— Foi embora — o homem respondeu. — O menino que o ajudou a distribuir as peras foi junto com ele.

Alguns disseram que o monge partira em uma direção, outros afirmaram que havia partido em outra. Na verdade, ninguém sabia. Tudo o que restara era uma pereira em um canto da praça do mercado, seus galhos erguidos numa prece em direção ao céu. Se alguém chegasse mais perto, conseguiria ver pequenas partículas de laca vermelha incrustadas profundamente em sua casca, que nem a chuva nem o vento jamais fariam desaparecer.

Bigodes e Olhinhos Brilhantes

Ela chamava-o de "Bigodes" porque ele tinha os bigodes mais arrojados que ela já tinha visto. Ele a chamava de "Olhinhos Brilhantes" porque o riso em seus olhos o enchia de alegria. Eles moravam no fundo de um armazém, onde o ar era carregado de cheiro de mel, de tempero, de frutas e de muitos grãos. Era um lugar barulhento, empoeirado e movimentado; sempre estava acontecendo alguma coisa. Mas era quente e seco.

— E há muita comida — observou Bigodes.
— Não é nada fácil um casal de camundongos encontrar um lugar para morar na cidade.

Olhinhos Brilhantes concordava: tudo o que ele dizia era absolutamente verdade. Mas ela era um camundongo do campo, acostumada a ambientes diferentes. Sentia saudades da mudança das cores e dos cheiros das estações do ano. Na cidade, tudo era sempre a mesma coisa. No campo, ela ia e vinha quando queria. Aqui precisava ter cuidado. Especialmente com o gigante a quem Bigodes, todo importante, se referia como seu "Queridinho". Ele era enorme. Ora, seu polegar era mais comprido do que o corpo dela! Era tão alto, que Olhinhos Brilhantes nunca vira seu rosto, porque uma pança gigantesca, que bamboleava e balançava todas as vezes que se movia, escondia-lhe o semblante. Mas Bigodes afirmou que uma vez o vira de relance.

— Sua cara não é tão ruim para um humano — disse Bigodes acariciando o bigode.

— O Queridinho tem bigode? — piscou Olhinhos Brilhantes.

Bigodes voltou-se para ela, brejeiro. — Os queridinhos geralmente não têm.

Eles sempre sabiam quando Queridinho estava se aproximando, porque o chão tremia, os móveis chacoalhavam, e a foto de casamento na parede entortava na mesma hora.

— Ai, meu Deus! Ai, meu Deus! — gritou Olhinhos Brilhantes. — Lá vamos nós outra vez.

Endireitou o retrato com um suspiro. — Ah! Como anseio pela paz dos espaços abertos!

Naquele dia, Queridinho estava andando para lá e para cá, batendo os pés, e gritando mais do que o normal. De fato, o lugar estava bem mais movimentado do que ela jamais vira.

— Está tudo bem — acalmou-a Bigodes. — O Queridinho está feliz.

— Feliz! — exclamou Olhinhos Brilhantes, tapando os ouvidos. — Aaai, que barulhos horríveis está fazendo!

— Chama-se "cantar" — Bigodes franziu o nariz. — Pessoalmente, não ligo muito para isso, mas os humanos fazem esse barulho quando estão felizes. Você não está contente por eu ser um camundongo?

Ele puxou Olhinhos Brilhantes para a entrada da toca, e juntos espiaram o que estava acontecendo. Alguns empregados varriam e escovavam. Outros penduravam faixas vermelhas. Outros, ainda, afixavam painéis de papel vermelho com arabescos dourados nas paredes. Queridinho corria para todos os lados com uma destreza notável para uma pessoa tão grande, supervisionando tudo com a voz trovejante, soltando de vez em quando fragmentos de canções num tom agudo e estridente.

— Está vendo esses painéis vermelhos que estão pondo nas paredes? — Bigodes mostrou para Olhinhos Brilhantes. — É o símbolo da dupla felicidade. Significa que Queridinho vai se casar. — Abraçou sua pequena esposa e apertou seus ombros. — Vamos ter uma Queridinha.

— Uma Queridinha! — riu, nervosa, Olhinhos Brilhantes. — Talvez as coisas se modifiquem daqui para a frente.

E as coisas se modificaram. Tudo ficou mais calmo. Havia menos poeira no ar. Os passos de Queridinho pareciam menos pesados, e ele não gritava mais tanto quanto costumava gritar. Contudo, reconciliara-se com o canto, o que deixava os nervos dos dois camundongos à flor da pele. Queridinha deslizava por toda a parte de chinelinhos delicados bordados com flores vermelhas brilhantes e folhas verdes lustrosas. Olhinhos Brilhantes gostava principalmente do perfume de água de rosas que a seguia por onde passava. Queridinha tinha uma voz suave e musical. Estava sempre calma e nunca tinha pressa. Tinha mandado limpar e pintar o aposento diante da toca dos camundongos, transformando-o em um santuário para o deus da cozinha. Todas as manhãs colocava pratinhos de frutas e bolos no altar, acendia velinhas e incenso e rezava pela segurança e felicidade de todos os que viviam sob seu teto. À noite, quando a loja fechava, os dois camundongos aventuravam-se fora da toca para mordiscar a comida deixada para o deus.

A princípio, Olhinhos Brilhantes hesitou em mexer nas oferendas, mas era difícil resistir à argumentação de Bigodes.

— Queridinha vai pensar que foi o deus da cozinha quem comeu — disse — e vai ficar contente. Os humanos não são muito inteligentes. Já nós sabemos que uma imagem desenhada num pedaço de papel não consegue comer.

Com o passar do tempo, os dois camundongos foram ficando mais atrevidos e, depois, mais descuidados. Um dia, Queridinha colocou uma travessa de bolos frescos de painço no altar do deus da cozinha. Eles cheiravam tão bem que Olhinhos Brilhantes sentia comichões e não via a hora que o dia terminasse.

— Você não deve sair até que esteja escuro — acautelou-a Bigodes, pois via seus olhos brilharem, travessos, enquanto ele se preparava para buscar provisões lá fora.

Olhinhos Brilhantes sacudiu a cabeça e retorquiu: — Mas você está saindo.

— Eu sou o homem da casa — respondeu Bigodes, dando deliberadamente peso à palavra "homem". — É meu trabalho trazer para casa o toicinho ou qualquer outra coisa.

— Então, traga um pouco de bolo de painço — Olhinhos Brilhantes levantou o queixo, desafiando.

— Vou trazer — prometeu Bigodes, enquanto espiava fora da toca para ver se o caminho estava livre. — Mas você deve esperar até depois de escurecer.

— Até lá eles vão estar duros — Olhinhos Brilhantes bateu o pé. — Ou talvez o deus da cozinha já os tenha comido!

— Não seja boba! — zombou Bigodes. E, dando um beijinho na bochecha de Olhinhos Brilhantes, saiu apressadamente, antes que ela pudesse dizer mais alguma coisa.

Sozinha, Olhinhos Brilhantes tentou concentrar-se em suas tarefas, mas o cheiro dos bolos de painço desviava-lhe a atenção. Uns passos furtivos junto à toca fizeram com que ela fosse espiar, bem a tempo de ver um dos meninos que fazia a limpeza agarrar um dos bolos do altar e enfiá-lo inteirinho na boca.

Olhinhos Brilhantes ficou embasbacada. Desse jeito, não sobraria nenhum até o início da noite!

Não havia um minuto a perder. Ela saiu como um raio da toca, subiu depressa no altar e, justamente no momento quando ia enfiar os dentes no bolo de painço, Queridinha apareceu.

— Um camundongo! Um camundongo! Aaaai! — Queridinha guinchou.

O armazém virou um hospício. A única coisa que Olhinhos Brilhantes pôde fazer foi disparar para dentro da toca. Enrolou-se em uma bolinha e ficou encolhida em um canto escuro, enquanto Queridinho e os empregados caçavam o camundongo com paus e vassouras.

Assim que Olhinhos Brilhantes recuperou o fôlego, ocorreu-lhe a terrível idéia de que Bigodes estava lá fora. Poderia estar correndo perigo, e era tudo sua culpa. "Ah, esses terríveis bolos de painço!", suspirou. Nunca mais pensaria neles se Bigodes se salvasse! Na verdade estava a salvo. Como conhecia o jeito dos humanos, voltou calmamente para casa quando o tumulto acabou, como se nada tivesse acontecido, com a comida que achou e um pedaço de bolo de painço.

Alguns dias depois, Queridinho trouxe para casa um presente com o qual Queridinha se encantou. Ela arrulhou, e gorgolejou, e fez barulhinhos bobos para ele. Os dois camundongos ouviram-na muito bem dizer:

— Mimi vai manter os camundongos longe!
— Eles pegaram um gato! — gritaram Bigodes e Olhinhos Brilhantes em uníssono.

Mimi era miúda, macia, seu pêlo preto brilhava; suas quatro patas e seu peito eram brancos. Dois olhos grandes com luas crescentes amarelas dominavam a carinha manhosa. Uma marca branca, que parecia de nascença, no canto direito da boca dava-lhe um ar jovial. Seus movimentos tinham a graça fluida dos movimentos de uma rainha; seus olhos, como faróis, examinavam cada fresta e recanto do armazém. Ela não demorou muito para descobrir onde suas comidas preferidas estavam guardadas e o lugar mais aconchegante para dormir. Naturalmente também descobriu onde Bigodes e Olhinhos Brilhantes moravam e fez os barulhos que se esperam de um gato, que agradaram Queridinho e Queridinha. Mas Mimi tinha personalidade. Cuidava para manter as aparências, fazendo uma verdadeira encenação quanto a ter controle da situação dos camundongos. Se eles ficassem fora do seu caminho, ela se satisfaria com viver e deixar viver. Tendo peixe salgado e pato cozido para agradar a seu paladar, camundongos não chegavam nem a ser uma opção em seu cardápio.

Mesmo assim, Mimi era um problema. Bigodes estava particularmente preocupado com Olhinhos Brilhantes, que tinha tendência a ser imprudente e descuidada. A aventura dos bolos de painço poderia ter terminado em tragédia. Embora tivesse ralhado com ela, e Olhinhos Brilhantes estivesse arrependida, Bigodes sabia que ninguém conseguia segurar sua esposa quando ela estava com vontade de fazer travessuras. Bigodes achou que deveriam se mudar.

— Mas para onde? — bradou Olhinhos Brilhantes.

— Não sei — respondeu Bigodes acariciando o bigode, pensativo. — Talvez para algum lugar com vista...

O comentário não passou despercebido para Olhinhos Brilhantes.

— Podemos ir viver no campo? — perguntou Olhinhos Brilhantes toda animada e ansiosa.

— Eu disse "vista" — Bigodes tentou parecer imparcial —, não disse nada sobre campo. É principalmente para mantê-la longe do perigo. — Ele pareceu desanimado.

Olhinhos Brilhantes suspirou, completamente desalentada. Ela sabia o quanto Bigodes gostava do lar atual deles e o quanto detestava a idéia de abandoná-lo. Se pelo menos Queridinho não tivesse trazido Mimi!

Finalmente, Bigodes achou uma toca vazia em um canto afastado do jardim dos fundos que era quase perfeita. É claro que ficava um pouco longe para levar os mantimentos para casa, mas tinha suas vantagens. Havia muito sol e ar fresco. Olhinhos Brilhantes iria gostar das flores, da primavera ao outono. O melhor de tudo é que Mimi ficaria longe, porque Queridinha nunca a deixava sair de casa.

Quando o verão transformou-se no outono, Bigodes e Olhinhos Brilhantes mudaram-se para sua nova residência. Naquele mesmo dia, uma cobra grande, com pontinhos dourados brilhando em suas escamas, rastejou para dentro do jardim, empoeirada e cansada, depois de uma longa viagem. Após encontrar um lugar fresco em um bambuzal, enrodilhou-se para tirar uma soneca. Sua presença foi logo percebida pelo galo que patrulhava o jardim, com seu andar majestoso. Ele avisou suas galinhas que, num grande estardalhaço, recolheram seus pintinhos imediatamente. Seu cacarejar assustou os sapos que tomavam sol na lagoa, fazendo alguns saltarem nas folhas dos lírios d'água que flutuavam no centro dela, e outros desaparecerem na água. A coruja empoleirada nos galhos escuros de um velho pinheiro retorcido acordou, num sobressalto, de seu sono profundo. — O quê? — queixou-se aborrecida. Girou a cabeça para um lado e para o outro, tentando parecer atenta, só que ela não enxergava bem à luz do dia. Bigodes e Olhinhos Brilhantes, porém, estavam muito animados com sua nova casa para perceber a agitação.

A cobra estava pesada de tanto comer, pois tinha jantado bem no caminho: dois sapos e um ovo de passarinho. Incomodou-a um pouco o alvoroço que sua presença provocava. Tudo o que queria era dormir.

"É o preço que se paga pela beleza", suspirou, pois ela era presunçosa. "Pense verde", disse a si mesma, e instantaneamente ficou da mesma cor que as folhas de bambu sob cuja sombra se abrigara. Com outro suspiro, arrumou-se para dormir, quando algo a fez abrir um bocadinho um olho pálido, que, depois, foi se abrindo mais e mais.

Dois camundongos estavam saindo de uma toca.

"Que conveniente!", pensou a cobra, enquanto seu olho tornava a se fechar. Ela sentiu o outono no ar. Era hora de achar um lugar para passar o inverno.

— Que delícia! — murmurou, quase adormecida. Embora preferisse sapos e ovos, uma dieta sempre igual acabava sendo entediante. Camundongos seriam uma mudança tão agradável! E um lugar para morar depois de devorá-los! Ela se sentiu realmente abençoada.

Uma manhã, depois que Bigodes saiu para procurar comida, e enquanto Olhinhos Brilhantes arrumava e guardava provisões para o inverno, ela sobressaltou-se com algo farfalhando. Havia alguém entrando pela porta. Logo, uma criatura, diferente de qualquer outra que ela já havia visto, estava na sua frente.

— Quem é você? — estremeceu Olhinhos Brilhantes. — O que está fazendo em minha casa?

— Ah! Desculpe-me — murmurou a cobra. Seus grandes olhos pálidos examinaram rapidamente o espaço. Teria que se livrar dos móveis horrorosos e dos quadros de mau gosto, pensou. Mas tudo a seu tempo... tudo a seu tempo. Ela sorriu, mostrando duas presas brilhantes.

— Achei que a casa estivesse vazia — continuou a cobra. — Estava procurando um lugar para morar.

— Bem, não está vazia — respondeu Olhinhos Brilhantes, um pouco mais rispidamente do que pretendia. — Bigodes e eu acabamos de nos mudar — acrescentou, mordaz.

A cobra rastejou um pouco mais para dentro, seu corpo liso ondulando muito suavemente, enquanto sua língua curiosa dardejava aqui e ali.

— Hummm! — deleitou-se baixinho. — Que lugarzinho aconchegante o seu...

A estranha estava deixando Olhinhos Brilhantes nervosa. O jeito que aquela língua delgada deslizava pela cara e pelo corpo dela faziam-na tremer. Mas aqueles olhos pálidos, pálidos, pareciam pregá-la ao chão, de modo que ela mal conseguia se mexer.

— Eu me chamo Olhinhos Brilhantes — gaguejou. — Sou um camundongo.

— Sou Cobralina — arrulhou a cobra. — Dona Cobralina para você, e não sou um camundongo.

— Olá, Dona Cobralina — murmurou Olhinhos Brilhantes, pensando em como se livrar da visitante indesejada.

— Acho que vou ficar um pouco — disse Dona Cobralina, insolente, escorregando um pouco mais para dentro, bloqueando completamente a entrada da toca.

— Bigodes está para chegar — disse Olhinhos Brilhantes, trêmula.

— Mas que bom! — o sorriso de Dona Cobralina abriu-se ainda mais. — Vai chegar bem a tempo para o almoço! — ela se empinou. Seus olhos, que brilhavam como um par de luas pálidas, pareciam encher o aposento. Olhinhos Brilhantes tremia e não conseguia se mexer ou falar. Então, Dona Cobralina atacou Olhinhos Brilhantes e engoliu-a inteira. Olhinhos Brilhantes chutava e se debatia, mas estava dentro da cobra e, quanto mais se debatia, mais escorregava para dentro de um túnel escuro horrível que a espremia, arrancando-lhe a vida.

Naquele momento, Bigodes corria alegremente para casa, quando notou algo negro e reluzente saindo de sua toca. Luzinhas douradas dardejavam daquilo que se sacudia e contorcia.

O sangue de Bigodes gelou. Derrubou a comida que carregava e correu para a toca o mais depressa que suas pernas conseguiram.

— Olhinhos Brilhantes! Olhinhos Brilhantes! — gritou. Mas tudo o que conseguiu ver foi a ponta da cauda da cobra virando-se e agitando-se. Era evidente que a cobra estava se batendo contra o chão, forçando para baixo algo que tinha acabado de engolir. Bigodes saltou na cauda dela e cravou-lhe os dentes.

Dona Cobralina guinchou, quando uma dor lancinante percorreu seu corpo delgado da ponta da cauda até explodir na cabeça. Estava sendo atacada de fora, ao mesmo tempo em que, por dentro, o camundongo travava uma luta que realmente a assustava. Em pânico, tentou enfiar a cauda para dentro da toca, enquanto seu agressor tentava arrastá-la para fora.

"Só pode ser o outro camundongo", pensou Dona Cobralina. "Vou dar um jeito nele!"

Ela se virou e constatou que a mordida de Bigodes provocara um inchaço tão grande que ela não conseguiria mais passar pela abertura estreita. Tampouco conseguiria livrar a cauda dos dentes de seu agressor. Além da dor insuportável, seu agressor estava despedaçando as lindas escamas de que se orgulhava tanto. Ela tinha que sair de lá de algum jeito, pensou desesperada.

Bigodes rasgava as escamas da cauda da cobra com toda a força, com os dentes e as garras, e enfiava-lhe os dentes na carne. Dona Cobralina sacudiu-se num grande espasmo de dor. Sua mandíbula escancarou-se, expelindo Olhinhos Brilhantes. Dona Cobralina olhou, entorpecida, para sua presa. Abriu sua mandíbula para engolir o camundongo novamente, mas alguma outra coisa a estava atacando naquele momento. Ao ver os esforços corajosos de Bigodes, o galo juntara-se à luta, bicando a cauda da cobra com todo o vigor. Dona Cobralina ficou realmente alarmada, porque seus agressores estavam puxando-a para fora da toca.

Bigodes passou por ela em disparada para consolar Olhinhos Brilhantes, que estava atordoada e toda suja, porém nem um pouco abatida. Dona Cobralina, contudo, viu-se diante da cara vermelha e zangada do galo.

— Trata-se de um engano — tentou explicar, relanceando a cauda avariada. — Já estou de saída. — Ela tentou rastejar para longe, mas o galo balançou a cabeça ameaçadoramente, bloqueando o caminho. As galinhas, que nunca se afastavam do galo, cerraram fileiras atrás dele.

"Ai, meu Deus! Ai, meu Deus!", pensou Dona Cobralina. "Em que situação fui me meter!"

Passos apressados aproximaram-se, e as galinhas recuaram. Dona Cobralina respirou aliviada, alívio que, logo depois, se transformou em horror. Um humano enorme e ameaçador surgiu acima dela com um cabo de vassoura, pronto para o golpe.

— Não a machuque — ela ouviu uma voz humana suave e melodiosa dizer.

— Está bem! — resmungou o grandalhão. — Ainda assim, não gosto de cobras. Especialmente no seu jardim.

Com uma vassourada, Queridinho fez Dona Cobralina voar pelo portão do jardim; ela aterrissou, com um ruído surdo, em uma vala cheia de lama do outro lado da rua.

A cobra ficou completamente imóvel, até que o mundo ao seu redor parasse de girar. Nervosa, Dona Cobralina olhava à sua volta. Estava imunda e cheirando mal. Sua cauda tão bonita, sem falar de seu orgulho, estava em frangalhos.

"Ninguém pode me ver nesse estado", disse a si mesma. Quando teve certeza de que ninguém estava olhando, escapuliu.

— Ai, Bigodes — soluçou Olhinhos Brilhantes —, nunca senti tanto medo!

— Não posso largá-la um minuto sem que você se meta em confusão! — ralhou Bigodes, tentando parecer bravo, quando, na verdade, estava aliviado por Olhinhos Brilhantes ter saído ilesa daquele susto.

— Ah, Bigodes — disse Olhinhos Brilhantes, depois de algum tempo. Não gosto mais daqui. Será que podemos voltar para nossa antiga casa?

— Depois de todo esse trabalho? — bradou Bigodes. — Pensei que você quisesse sol, ar fresco, flores e tudo o mais!

— Por favor, Bigodes — pediu Olhinhos Brilhantes. Prometo tomar cuidado... Juro...

Bigodes abriu um sorriso de satisfação e, acariciando o bigode, disse:

— Vou pensar no seu caso, vou pensar no seu caso...

A história do pescador

Durante toda a sua vida, Wang Fu havia pescado no mesmo trecho do rio Li.

Doze anos antes, depois de uma estação de chuvas excepcionalmente longa, o curso do rio mudara. O número de peixes caiu tão assustadoramente, que a maioria dos pescadores mudou-se com o curso do rio, enquanto alguns passaram a se dedicar a outros negócios. Wang Fu não fez nem uma coisa nem outra.

— Você é tão teimoso e burro! — queixou-se sua mulher. Balançando a cabeça, Wang Fu concordou, entorpecido. Descobrira que a melhor maneira de fazê-la calar-se era concordar com ela. Mas a mulher não estava disposta a parar de reclamar.

— Liu San está aprendendo a ser carpinteiro! — gritava a mulher no seu ouvido. — Mas você? Você não se mexe! Por que não desce um pouco o rio em vez de tentar pescar onde não há peixes!

Isso não era verdade. Wang Fu não continuaria a pescar no mesmo ponto do rio se não houvesse nenhum peixe ali. Simplesmente o número deles diminuíra. Além disso, Wang Fu cuidava para não pescar mais do que precisava para sustentar a ele e à mulher. Também devolvia ao rio os peixes jovens que poderiam se reproduzir. Ganhava, portanto, a vida frugal com dificuldade. Entretanto, havia cinco noites não pescava nada.

— Ai, este homem é um tormento! — lamentou-se a mulher de Wang Fu, revirando os olhos para o céu. — Desse jeito, vamos morrer de fome!

— Esta noite vai ser melhor — murmurou Wang Fu.

— Melhor! — A palavra fez a mulher explodir novamente. Fez um rápido cálculo de cabeça. Havia escondido cuidadosamente muitas fieiras de moedas sob um tijolo solto em seu *kang* (plataforma de dormir), mas estava guardando-as para a velhice. Se a sorte de Wang Fu não mudasse, eles teriam sérios problemas! A mulher arengou até ficar com o rosto bem vermelho, e então, agitando os braços como uma galinha frustrada, bateu em retirada para desopilar o fígado entre as panelas e as frigideiras da cozinha.

Ao anoitecer, Wang Fu vestiu a capa tecida de junco, pegou o farnel de comida que sua mulher tinha lhe preparado e dirigiu-se ao rio. No caminho, parou na loja de bebidas e comprou uma jarrinha de vinho de arroz.

Wang Fu amarrou sua jangada de bambu em um velho plátano que se debruçava sobre uma grande rocha plana, assentada em um banco de areia, num cotovelo protegido do rio. Em outros tempos, o rio ficava cheio de jangadas e, ao cair da noite, a negra superfície murmurante das águas refletia alegremente a luz bruxuleante das tochas. Agora, só o vento nas árvores, o rio correndo e o grito ocasional de um pássaro noturno rompiam o silêncio. Wang Fu sentia saudades das risadas e da camaradagem descontraída com os outros pescadores, mas suas raízes estavam ali, e ele relutava em abandoná-las.

Acendeu uma fogueira ao lado da rocha. Depois de preparar a jangada e a rede, Wang Fu depôs um pratinho de comida sobre a pedra e borrifou um pouco de vinho em volta dele. Em seguida, bateu palmas três vezes e bateu três vezes a cabeça no chão.

— Ó, deus do rio, aceite estas oferendas indignas — orou —, é tudo o que tenho. Abençoe meu trabalho hoje à noite. Não peço mais do que o suficiente para manter corpo e espírito unidos. Tenha piedade, ó deus do rio.

Subiu na jangada e empurrou-a com a vara até o meio do rio. Transferindo o peso de um lado para o outro, embicou a embarcação na direção da correnteza, rumo ao cotovelo seguinte do curso de água. Lá, acendeu uma tocha, que fixou na proa, e lançou a rede. Às vezes ele não tinha que esperar muito para os peixes aparecerem. Naquela noite, como nas cinco noites anteriores, sua rede encheu-se de plantas que cresciam sob a superfície das águas. Ele empurrou a jangada de volta ao seu acampamento, com o coração pesado. Pacientemente, tirou as plantas da rede e colocou-as para secar junto ao fogo. Eles comeriam plantas aquáticas no dia seguinte, pensou com tristeza. Então, voltou ao rio para uma nova tentativa. Perto do amanhecer, Wang Fu voltou exausto, mas de mãos vazias. Jogou um punhado de gravetos nas brasas da fogueira que havia feito e instalou-se para comer.

As horas que antecedem o raiar do dia são frias, e Wang Fu era grato à capa de junco e à jarra de vinho, que o ajudavam a afastar o crescente sentimento de desespero. Se não houvesse luar, ele não teria percebido um homem resvalando em silêncio pelo mato. "Provavelmente é um viajante", pensou Wang Fu, enquanto se aconchegava em sua capa, esperando o sono chegar.

Algumas noites depois, tornou a ver o homem, sentado em um tronco perto do seu acampamento. Pela túnica, comprida e solta, Wang Fu soube que se tratava de um fidalgo. Como não tinha imaginação nem curiosidade, Wang Fu rapidamente perdeu o interesse nele. Naquela noite lançou a rede duas vezes, e nas duas vezes não pegou nada além de plantas. Só conseguia pensar em limpar a rede e começar tudo de novo.

No entanto, Wang Fu sentia o olhar do homem às suas costas enquanto trabalhava, o que o incomodava.

— Desculpe se não paro para conversar — disse, sem se virar. — Um homem precisa ganhar a vida, e não estou com muita sorte hoje.

Enquanto arrancava as plantas emaranhadas na rede, pensava se teria ofendido de alguma forma o deus do rio. Talvez suas oferendas fossem insuficientes se comparadas ao tanto que tirava do rio. O pensamento o fez estremecer de desalento. O que seria dele se o deus do rio lhe recusasse peixes? O rio não só era seu meio de vida, como também permitia que fosse independente.

Wang Fu não podia suportar a idéia de viver como o pobre Liu San, cuja alma já não lhe pertencia, desde que se tornara aprendiz de carpinteiro.

— Se você fizer as coisas da maneira certa, encontrará peixes no rio — uma voz atravessou seus pensamentos. Wang Fu largou a rede e perscrutou a escuridão. A luz da fogueira ofuscava-lhe os olhos, e ele só conseguiu divisar as ponteiras de um par de sapatos de sola grossa. Wang Fu ficou de pé de um salto.

— O quê?... O quê?... — gaguejou.

— Eu assustei você — o estranho sorriu, tranqüilizando-o. — Acho que talvez eu possa ajudar.

Wang Fu começou a falar, mas o outro interrompeu-o com polidez: — Deixe-me explicar.

De perto, o homem pareceu mais velho a Wang Fu. Na verdade, sua túnica era mais comprida do que as que os fidalgos de sua categoria usavam na época. Com a ponta do dedo, o estranho traçou uma linha curva na areia.

— Digamos que este seja o rio — começou. — Estamos aqui — desenhou um X para marcar o lugar —, e os peixes estão aqui. — Apontou para outro lugar, fazendo uma pausa, para que a observação fosse entendida. — Você precisa ir até os peixes, porque eles não virão até você.

Wang Fu ficou boquiaberto. Ele jamais tinha ido além do cotovelo seguinte do rio.

— Mas eles sempre vieram até aqui! — Wang Fu insistiu, olhando obstinadamente para o mapa grosseiro na areia.

— Não virão mais — disse o cavalheiro com segurança.

— Por quê? — Wang Fu perguntou, perscrutando o rosto do outro.

— Talvez estejam entediados. Os peixes também precisam ser tratados como criaturas inteligentes — respondeu.

Wang Fu nunca duvidara da inteligência dos peixes. Às vezes ele não tinha certeza de sua própria.

— Leve-me ao rio e eu vou lhe mostrar — disse o cavalheiro, piscando para ele.

— Não posso — Wang Fu murmurou, seus ombros curvando-se. — Não dá para o senhor me dizer o que devo fazer?

Fixando Wang Fu com um olhar penetrante, o outro tirou a roupa rapidamente, ficando de tanga. — Agora estamos na mesma condição — gargalhou. — Venha!

Wang Fu não viu outra saída senão acompanhá-lo.

O estranho desamarrou a jangada e a empurrou com habilidade para a correnteza, com tanta familiaridade com o rio, que parecia ter nascido para isto. Sabia onde cada rocha, cada toco de árvore cortada ou cada raiz jaziam traiçoeiramente sob a superfície, prontos para esfrangalhar a frágil embarcação. O rio ficou estreito. Seu burburinho tornou-se um balbucio agitado. Eles deslizavam cada vez mais depressa pela água. Batendo os dentes de medo, Wang Fu agarrou-se às bordas da jangada, até os nós dos dedos ficarem brancos e dormentes. Nunca tinha ido tão longe. O estranho, em compensação, transferia o peso de um lado para o outro com facilidade a cada ondulação, rindo para o céu coalhado de estrelas. Pareceu uma eternidade antes que o rio se alargasse e tornasse a se acalmar. O estranho soltou os remos amarrados nas bordas.

— Vamos remar um pouco — disse. — Depois, você acende a tocha e lança a rede.

Wang Fu não aceitava que ninguém lhe dissesse o que fazer. Apesar disso, algo na voz do estranho o impeliu a acatar suas ordens. Logo o estranho ergueu seu remo. Tinham chegado a um lugar em que Wang Fu não conseguia tocar o fundo do rio com a vara.

— Lance a rede quando eu mandar — disse o estranho. Um minuto depois, ele escorregou da jangada para a água reluzente e escura. Wang Fu empalideceu. E se ele se afogasse? Exatamente no momento que Wang Fu decidiu fugir dali, a cabeça do estranho irrompeu na superfície alguns metros adiante.

— Jogue! — ele gritou.

Wang Fu obedeceu como se estivesse em transe. O estranho tornou a desaparecer. De repente, as águas diante da jangada agitaram-se, enquanto os peixes acorriam para o lugar onde ele lançara a rede. Suando muito, Wang Fu começou a puxá-la, retesando braços, pernas e costas com o seu peso, o coração batendo com tanta força que parecia que ia pular para fora do peito. Por fim, prendeu a rede, e o rio se acalmou.

Com a agitação, havia se esquecido de seu companheiro. Wang Fu acendeu a tocha com as mãos muito trêmulas e, iluminando aqui e ali, perscrutou ansiosamente a escuridão. Nem sinal do homem. A idéia de que ele tivesse se afogado fez com que Wang Fu começasse a bater os dentes novamente. Queria sair do trecho escuro do rio, mas, por alguma razão, não conseguia se me-

Na noite seguinte, antes de descer até o curso de água, Wang Fu pediu à esposa mais moedas do que o habitual, pois tencionava comprar um pouco de vinho bom para o deus do rio.

— Deus do rio! — escarneceu a esposa. — Foram minhas preces ao deus da cozinha que endireitaram as coisas.

Desta vez, Wang Fu enfrentou a mulher:

— Eu ganhei o dinheiro — lembrou — e vou gastar um pouco, do jeito que eu quiser! — A expressão de seu rosto assustou tanto a mulher, que ela deu a Wong Fu as moedas que ele pedira.

— Certifique-se de que o deus do rio receba o vinho — ela gritou às suas costas.

Naquela noite, depois de fazer a oferenda ao deus do rio, preparava-se para partir quando o estranho apareceu.

— Olá! — gritou Wang Fu agitando os braços para chamar sua atenção.

— Olá! — o estranho respondeu, acenando. — Vim pescar com você.

O estranho encarregou-se de tudo, como fizera na noite anterior. Novamente voltaram com muitos peixes. Mais tarde, quando se sentaram junto ao fogo para descansar, Wang Fu desembrulhou timidamente seu minguado farnel.

— É só alho-poró fresco com panquecas — disse —, mas minha mulher sempre põe óleo de gergelim nas panquecas.

O estranho pegou um pedaço e comeu com evidente satisfação. Wang Fu entornou um pouco de vinho em uma vasilha e ofereceu-lhe.

— Não, obrigado — recusou o estranho, embora seus olhos dissessem o contrário.

— Não faça cerimônia! — insistiu Wang Fu. — Dá para nós dois.

— Não, obrigado — o estranho respondeu com infinita tristeza.

Wang Fu ficou desconcertado.

— Eu... eu... estava só... tentando ser gentil — murmurou, desconsolado. — Você tem sido tão prestativo conduzindo os peixes para a minha rede... e... não tenho como lhe agradecer...

O estranho deu-lhe um tapinha nos ombros:

— Foi divertido! — riu. — Isso basta.

Daquele dia em diante, Wang Fu e o estranho passaram a pescar juntos. Nunca ocorreu a Wang Fu perguntar seu nome, ou onde morava, nem o outro lhe disse. O estranho jamais quis saber do dinheiro que Wang Fu ganhava.

— Não preciso de dinheiro — disse o estranho —, mas vou pedir dois favores. Jamais conte nada a ninguém sobre mim nem sobre o lugar onde pesca.

Wang Fu assentiu com a cabeça.

Alguns meses se passaram. Uma noite, quando se encontraram junto ao rio, o estranho parecia preocupado, não se mostrava exuberante como de hábito. Wang Fu ficou apreensivo.

— Talvez você não deva pescar hoje à noite — sugeriu.

— Bobagem — o outro respondeu. — Um pouco de exercício vai me fazer bem.

Guardou, porém, um silêncio melancólico durante todo o tempo em que desceram o rio em direção ao lugar de sempre.

— Você não contou a ninguém sobre este lugar, contou? — o estranho perguntou de repente.

— Não! — exclamou Wang Fu, arregalando os olhos.

Por um momento, o estranho ocupou-se em fazer a jangada deslizar mais rápido. Então, virando-se, disse:

— Wang Fu, hoje você conduz, e eu lanço a rede.

Fazia algum tempo que Wang Fu queria tentar conduzir os peixes, mas nunca tivera coragem de fazer essa sugestão. Exultou com a oportunidade.

— Ora, vou adorar! — exclamou, mas algo na expressão do estranho, ou talvez fosse uma ilusão provocada pela luz bruxuleante da tocha, fez com que Wang Fu hesitasse. Afastou a impressão da cabeça, encheu os pulmões de ar e mergulhou. Desceu por onde o estranho lhe recomendara. Seu corpo leve deslizava com facilidade pelo silêncio escuro, guiado pela luz da tocha, brilhando como dezenas de luas fragmentadas, lá no alto. Ele movia-se conforme o ritmo de uma estranha música que parecia crescer à sua volta, puxando-o sempre mais para o fundo, até que ele e o rio pareceram se fundir. Seus movimentos tornaram-se cada vez mais lentos até cessarem. Serenamente, observava bolhas de ar subindo devagar à superfície. Uma alegria completa o envolveu, e tudo o que queria era ficar sentado no fundo do rio, rodeado pela música das profundezas.

Plantas verdes e viscosas que se enroscaram, traiçoeiras, nas suas pernas despertaram-no de seu devaneio. Começou a arrancá-las, febril, mas, quanto mais as puxava, com mais força as plantas o ancoravam. Tentou gritar por socorro, mas sua voz não saía. As luzes dançavam lá em cima, tremeluzindo.

Wang Fu recobrou os sentidos com o rosto enfiado no conhecido banco de areia. Duas mãos fortes massageavam seus ombros e suas costas, fazendo-o vomitar até esvaziar o estômago.

— Obrigado por salvar minha vida — Wang Fu disse, ofegante, sabendo intuitivamente que era o estranho que estava curvado sobre ele. — Tenho... mais uma... dívida... para com você...

— Não se apresse em me agradecer — disse o estranho.

Com um esforço enorme, Wang Fu virou-se, olhando intrigado para o amigo, que estava exausto.

— Logo você vai entender — os ombros do estranho curvaram-se. Cobriu Wang Fu com sua capa de junco e jogou um punhado de gravetos na fogueira.

— Era uma vez um leviano — a voz do estranho soou estranhamente abafada. — Não era uma má pessoa. Só era alegre e descuidado. Gostava de vinho mais do que devia e, quando se embriagava, fazia tolices. Naquele ano, as chuvas não pararam na época certa. O rio subiu e estava prestes a alagar tudo. Ele deveria ajudar o pessoal da cidade a empilhar sacos de areia ao longo da margem. Mas ficou na taberna, bebendo com os amigos. Eles estavam todos completamente embriagados — o estranho suspirou, com pesar. — A essa altura, o rio tinha subido ao máximo. Alguém sugeriu que fossem assistir à inundação. Um companheiro do grupo ofereceu um banquete a quem ousasse atravessar o rio por uma velha ponte de madeira, que balançava sobre a fúria das águas. O jovem, sempre pronto a desafiar o perigo, subiu nela. Antes de chegar ao meio, as colunas cederam, atirando a ponte nas águas. O jovem foi arrastado para as profundezas do inferno. O senhor das sombras não o aceitou antes que seu tempo na Terra se esgotasse, e ele foi mandado ao deus do rio. Este se sentiu vagamente responsável, mas o jovem não tinha completado suas missões na vida. Não cumprira suas obrigações nem realizara seu potencial no mundo dos vivos. O deus do rio condenou-o, portanto, a vagar, até atrair alguém que morresse afogado em seu lugar.

O estranho se calou. Os dois homens entreolharam-se sem trocar nenhuma palavra. Wang Fu foi o primeiro a romper o silêncio, sentindo um arrepio com a identificação do outro.

— Faz quanto tempo? — perguntou.

— Um século passa num piscar de olhos — respondeu o outro. — Ficar preso entre dois mundos é horrível, então tinha de achar um substituto... — confessou o estranho. — Observei-o por muito tempo antes de pôr meu plano em ação. Primeiro, mantive os peixes longe. Depois, fingi ser seu amigo. Por fim, enganei-o para que mergulhasse...

— Não tenho mesmo muito por que viver — murmurou Wang Fu relembrando o momento de êxtase no fundo do rio. — Por que me trouxe de volta?

— Você confiou em mim, foi um amigo incondicional, coisa que eu nunca havia experimentado no seu mundo... — disse o estranho. — Por isso não pude deixá-lo morrer. Sossegue. Não vou perturbá-lo mais.

E então desapareceu na noite. Wang Fu caiu num sono profundo sem sonhos. Acordou ao amanhecer e, agradecendo ao deus do rio por sua generosidade, encaminhou-se ao mercado com o produto de sua pesca. No fim da manhã, atirou os cestos vazios nas costas e foi para casa. Como sempre, sua mulher esperava na porta, com a mão estendida, e, como sempre, ele despejou suas moedas ali, sem dizer uma palavra.

Aparentemente, a vida de Wong Fu não mudou muito, mas nada mais era como antes. Por um curto espaço de tempo, ele tivera um amigo com quem compartilhar o trabalho e sua comida simples. Agora, o amigo fora embora, deixando Wang Fu ainda mais pobre. Pescava só, como de costume. Muitas vezes pensava no fundo do rio que o estranho lhe mostrara. Sentia saudades da escuridão convidativa da cor de anil. Mais do que tudo, sentia saudades da música estranha e persistente e da maravilhosa leveza de ser. Como não conseguisse chegar sozinho ao lugar para onde o estranho o levara, voltou aos minguados peixes que pescava no trecho conhecido do rio.

— Você não presta para nada, seu preguiçoso! — a mulher o atazanava. — Se eu fosse homem, ia lhe mostrar umas coisinhas!

— Talvez você possa mostrar de alguma forma — Wang Fu respondeu com aspereza. — Eu poderia ter...

— Poderia ter o quê? — gritou a mulher, de braços cruzados.

O desdém da mulher levou-o a pensar no fundo do rio.

Wang Fu amarrou a jangada no toco de uma árvore meio submersa, que se projetava para fora da água. Não acendeu a tocha. A escuridão o envolveu com um abraço aveludado. A água do rio aconchegava convidativamente a jangada. Não sentia mais cansaço nem medo. A paz estava a poucos centímetros da ponta de seus pés. Uma voz o chamou, bem quando ia deslizar para dentro da água escura.

— Olá! É você? — gritou Wang Fu, feliz.

— Quem haveria de ser? — o estranho gargalhou no escuro.

— Senti sua falta! — gritou Wang Fu, acendendo a tocha depressa. — Aproxime-se para que eu o veja.

— Você só poderá me ver se deixar seu mundo — riu o estranho. — O deus do rio me tornou guardião das águas, porque não consegui deixá-lo morrer.

— Estou pronto — retorquiu Wang Fu, veemente. — Não há nada que me prenda aqui.

— Lembra-se do que acontece aos que partem antes de sua hora? — advertiu o estranho. — Você tem de encontrar forças para agüentar.

Wang Fu engoliu em seco, os olhos subitamente embaçados.

— Fique onde é o seu lugar — a voz do estranho elevou-se do rio. — Virei pescar com você todas as noites de lua cheia... Agora, vá...

— Como vou saber que é você, se não consigo vê-lo? — Wang Fu disse para o rio. Sua voz ecoou na escuridão. Mais nada.

Dizem que, em noites de lua cheia, aparece uma nuvem de poeira rodopiando à margem do rio e que Wang Fu a segue em sua jangada por toda parte. Quando chega à praia, antes do amanhecer, os cestos estão cheios até a borda. Os peixes do redemoinho de Wang Fu logo se tornaram uma lenda local.

Quando ele foi enterrado, uma nuvem de poeira apareceu sobre sua sepultura e foi vista saltando alegremente rio abaixo. Perto do lugar que se acreditava ser bem profundo, desapareceu.

A cantora da noite

Um vento forte fustigava a chuva fina de primavera, transformando-a em neblina cinza-azulado. A barcaça surgiu na esteira dos reboques, como uma miragem por trás dos grunhidos e dos gritos dos barqueiros que a puxavam pelo rio Chien Tang acima. Sozinho na proa, estava mestre Tang Hao, soube no instante em que coloquei os olhos nele. Era um homem alto, magro. Uma pasta a tiracolo formava um volume desajeitado sob a longa capa cinzenta. Uma trouxa patética, com pertences, jazia a seus pés. Enquanto eu pegava o caminho do aterro escorregadio até o cais, a barcaça ancorou, e uma multidão desembarcou. Por um momento perdi de vista o convidado do meu patrão. Achei-o numa extremidade das docas, perdido em pensamentos. Corri para ele, balbuciando um discurso de boas-vindas da parte de meu patrão que eu havia decorado na noite anterior.

— Há um coche à sua espera — apontei o aterro e, agarrando a trouxa de suas mãos, subi rapidamente a ladeira, com mestre Tang atrás de mim. Finalmente, acomodamo-nos no coche, e o condutor fez os cavalos trotarem, sem pressa.

As instruções anuais relativas às várias propriedades de meu patrão em Hangzhou chegaram, como sempre, no segundo dia do ano-novo. Ele é um homem meticuloso, que não deixa nada ao acaso. Como agente imobiliário, esperava-se que eu cumprisse suas ordens com precisão e apresentasse relatórios duas vezes por ano. Afora isso, meu solitário patrão não queria ser perturbado. Eu trabalhara para ele por quase uma década, mas era a primeira vez que a mansão no Lago Oeste era mencionada.

"... Reabra a mansão à beira do lago. Torne-a habitável no primeiro dia do terceiro mês", escreveu meu patrão. "A ala leste do pátio principal, porém, deve permanecer trancada. Mestre Tang Hao, um cavalheiro erudito, que está se recuperando de uma longa enfermidade, residirá na mansão por tempo indeterminado. Precisa de repouso e tranqüilidade. Contrate um criado de confiança para cuidar de seu conforto. Providencie provisões que denotem hospitalidade, sem ser extravagantes..." Dava instruções detalhadas sobre qual das contas mantidas nos armazéns da região deveria ser usada. "Deixo tudo a seu critério", concluía. "Mestre Tang terá acesso irrestrito à mansão, com exceção da já mencionada ala leste." A última sentença foi sublinhada para chamar a atenção.

Olhei mestre Tang Hao de relance. Em resposta à minha solicitude, ele murmurou algumas palavras com um sotaque que denunciava o fato de não ser nativo de nossa província e de provavelmente ter aprendido nosso dialeto por necessidade. A brevidade da resposta indicou que ele não queria conversar; fizemos então o percurso em silêncio.

Lao Liu, o faz-tudo que eu contratara para cuidar das necessidades de mestre Tang, acendera um braseiro na sala principal. Pinhas e folhas de pinheiro colocadas sobre pedaços brilhantes de carvão enchiam o ar de um calor resinoso. Depois de mostrar a mestre Tang seus aposentos, saí, prometendo retornar em um ou dois dias. Entretanto, deveria enviar-me Lao Liu, caso precisasse de alguma coisa.

Durante todos os anos em que o servi, jamais me encontrei com meu patrão nem com ninguém do seu clã. A família era constituída de proeminentes mercadores de Hangzhou há várias gerações, até eles deixarem a cidade, de repente, há doze anos. Na época espalharam-se boatos, como sempre acontece. Meu patrão, que herdou a fortuna da família logo depois, vivia na capital. Os outros se espalharam aos quatro ventos. Nenhum deles jamais voltou. Embora a mansão à beira do lago estivesse na lista das propriedades do patrão, ele nunca a mencionou. Como não suportasse perguntas, nada perguntei.

Abrir a mansão, porém, foi mais difícil do que eu esperava. Foi necessário consertar o teto e as janelas. A morada precisava de uma ou duas mãos de tinta, por dentro e por fora. Os quartos tinham de ser arejados, os móveis tinham de ser limpos e reabilitados para o uso. O problema era achar homens dispostos a trabalhar lá.

— Fizeram-se coisas horríveis naquela casa — resmungou, ameaçador, o ancião de uma aldeia perto dali. — A maldade jamais morre.

— Do que está falando? — indignei-me.

— Pergunte ao seu patrão — disse o velho, esfregando as mãos uma na outra, como se as estivesse lavando, e foi-se embora pavoneando-se.

Apesar do medo e da superstição, consegui contratar uma equipe oferecendo salários exorbitantes. Contudo, nada fazia com que os trabalhadores permanecessem na casa quando as primeiras sombras da noite surgiam. O trabalho, porém, foi feito de acordo com o desejo do patrão. Persuadi Lao Liu, que cozinhava para os trabalhadores, a ficar. Ele ia de cidade em cidade procurando qualquer trabalho, e o emprego significava um teto e três *squares* por dia pelo tempo que mestre Tang permanecesse lá.

Passou-se uma semana ou dez dias antes que eu fosse novamente à mansão. Encontrei o hóspede cochilando no pátio. Até dormindo ele parecia abatido. Os ossos delgados do nariz e do rosto eram quase visíveis sob a pele pálida e translúcida. Nas pálpebras inferiores dos olhos fundos, viam-se olheiras. O único sinal de cor era a boca de lábios carnudos. As mãos de dedos longos, cruzadas no colo, eram fortes, as veias saltadas, e cheias de calos, diferentes das mãos macias e ineficientes de um intelectual. As roupas, embora bem-conservadas, estavam fora de moda. Ele usava um amuleto de âmbar no pescoço com entalhes de um dragão e de uma fênix entrelaçados. Havia algo estranhamente pungente no enfeite, porque faltava-lhe metade. O estado dos sapatos revelava que ele andava mais a pé do que em algum veículo. Talvez mestre Tang fosse mais um candidato que houvesse fracassado nos Exames do Serviço Público Imperial e estivesse procurando por um patrono. Meu patrão tinha uma queda por vagabundos distintos.

Mestre Tang acordou sobressaltado, imediatamente alerta. Cumprimentou-me sem se levantar, nem me ofereceu a cadeira vazia. Depois das cortesias de praxe, perguntei se achara seus aposentos satisfatórios.

— Sim, claro — respondeu, confirmando com um aceno de mão. — Com exceção de uma coisa.

Então, contou-me sobre a cantora da noite.

— Cantora? — repeti.

— Eu a ouço tarde da noite — explicou mestre Tang Hao —, ouço dali.

Segui seu olhar até a ala leste trancada, que parecia abandonada em comparação com o resto do pátio. Ninguém mexera nela, já que não era usada.

— O senhor deve ter ouvido um pássaro noturno — eu disse, desfiando uma série de nomes de aves noturnas comuns.

— Alguma delas também toca alaúde? — mestre Tang disparou, sarcástico.

— Ou o senhor pode ter...

— ... Sonhado — mestre Tang tirou as palavras de minha boca. — Poderia ser o caso antes... mas agora estou bem melhor... bem melhor...

Aproveitei a oportunidade para fazer uma pergunta que não me saía da cabeça.

— O que aconteceu? — perguntei, solidário, pesando as palavras. Mestre Tang Hao descartou a pergunta com um gesto impaciente. Tentando outro caminho, indaguei:

— O canto o perturba?

Com um olhar distante, ele respondeu:

— Uma mulher cantando e acompanhando a si mesma no alaúde é muito... relaxante...

Eu estava intrigado o bastante para tocar no assunto com Lao Liu.

— Cantora da noite! — disse Lao Liu, com sua curiosa voz irritante. — Ora, e ele não me acusou de ter me embebedado e de ter cantado tarde da noite?! Mais tarde, acabou pedindo desculpas. — Bateu de leve na cabeça e deu uma piscada significativa.

— Você andou bebendo? — perguntei, ao sentir cheiro de bebida barata em seu hálito.

— Só uns goles — ele respondeu irritado. — Este lugar me dá arrepios. Mas, juro pelos restos mortais dos meus antepassados, não existe nenhuma "Cantora da Noite". Se existisse, eu teria ouvido, não acha?

Convenci-me de que a cantora da noite não passava de um produto da imaginação de mestre Tang.

Alguns dias depois Lao Liu veio me procurar todo agitado. Naquela tarde, fui até a mansão. Mestre Tang Hao arrombara a ala leste. Descobri que as portas duplas tinham sido forçadas com uma alavanca e grosseiramente fechadas de novo com um pedaço de madeira enfiado nas maçanetas curvas.

Mestre Tang Hao, que estava escrevendo na sala principal, ofereceu-me uma cadeira, enquanto seu pincel deslizava pela página em um movimento rápido e constante. Quando olhou para mim, fiquei muito impressionado com sua transformação. As olheiras tinham desaparecido, e, junto com elas, o olhar obcecado.

— É um poema novo! Encontrei minha musa outra vez! — disse, triunfante, evidentemente satisfeito consigo mesmo.

Concentrei-me novamente no motivo da minha visita e comecei a falar do que me trouxera até ali com a maior solenidade possível. Mestre Tang ouviu-me com um sorriso divertido.

Percebendo que ele não estava me levando a sério, esbravejei: — Vou ter que inspecionar os quartos e averiguar...

No momento seguinte, vi-me arrastado para a ala leste por mestre Tang. Quando ele abriu bruscamente a porta, o cheiro rançoso de guardado atingiu-me em cheio. Parte do que deveria ter sido uma antecâmara fora emparedada grosseiramente, deixando vazio um espaço comprido e estreito, exceto por um pergaminho destruído, pendurado na parede diante da porta. Parecia que uma criança travessa o tinha pintado. Porém, os arabescos negros que o recobriam tinham tanta vitalidade que pareciam pulsar com vida. Fiquei hipnotizado; perdido em um emaranhado de tentáculos negros que pareciam tentar me alcançar.

— A cantora da noite está lá dentro — mestre Tang sussurrou em meu ouvido. Sua mão fazia movimentos rodopiantes violentos no ar. — Estas amoreiras a aprisionam... — Pisquei forte para me livrar do emaranhado de linhas negras que ziguezagueavam dançando diante dos meus olhos. Saí do aposento tropeçando, deixando mestre Tang com o olhar fixo no pergaminho e cantarolando bem baixinho uma canção. Por um momento, o aposento abafado me levara ao delírio. Mas, à luz do dia, eu tive consciência de que só se tratava de uma pintura destruída que evocava idéias estranhas numa mente adoentada. Temia que mestre Tang estivesse louco. "Preciso fazê-lo sair daqui, antes que algo de realmente ruim lhe aconteça." Algumas moedas convenceram Lao Liu a ficar de olho em nosso convidado e a avisar se qualquer coisa fora do normal acontecesse. Alguns dias depois, Lao Liu me trouxe um bilhete. Mestre Tang Hao pedia-me que comprasse cinco ou seis ervas exóticas, argila e vários pincéis para caligrafia de diversos tamanhos.

— Preciso deste material de qualquer jeito o quanto antes — escrevia.

Tive que percorrer várias boticas e papelarias de Hangzhou para reunir todo o material. Contudo, esqueci-me de um pincel especialmente fino que mestre Tang me pedira. O destino deve ter me guiado até uma papelaria suja na parte velha da cidade.

— Devo ter um pincel assim em algum lugar — o dono da loja murmurou, examinando o recinto em desordem. Mostrou-se apressado, abrindo e fechando armários, fuçando em gavetas e falando sozinho.

— Eu sempre trazia esse tipo de pincel para um cliente em especial... — disse por trás de uma divisória, de onde eu o escutava movendo caixas. — Uma jovem senhora muito talentosa, que escrevia e cantava poesia no estilo da dinastia Soong. Não era rica, mas só usava este pincel.

Tinha uma mão tão boa que às vezes eu a deixava pagar com peças de caligrafia... — Depois de alguns momentos, ele surgiu com uma caixinha graciosa revestida de seda, dentro da qual estava aninhado um pincel, cuja ponta de crina avermelhada era em forma de bulbo, terminando em ponta fina.

— A moça que o encomendou chamava-se Xiaoyu, Jade da Alvorada — mexericou. — Era uma coisinha adorável! Seu pai a vendeu como concubina ao filho mais velho de um rico mercador... — Balançou a cabeça e deu um suspiro.

Na tarde seguinte, fui à mansão com as compras. Lao Liu cumprimentou-me como a um companheiro de conspiração.

— Ele está na ala leste — sussurrou.

Achei mestre Tang Hao sentado de pernas cruzadas no chão, olhando fixo para o pergaminho destroçado. A princípio, não notou minha presença, mas depois, estremecendo, voltou a si.

— Trouxe as coisas? — perguntou, sem rodeios. Entreguei-lhe o pacote. Ele o desembrulhou, murmurando "é isso... é isso..." a cada objeto que conferia. Sua alegria me provocava arrepios.

Quando terminou de examinar tudo, deu um sorriso que foi como se um raio de sol iluminasse seu rosto.

— Minha senhora ficará satisfeita — suspirou.

Fiquei de orelhas em pé. Meu patrão cedera acesso livre à mansão somente a ele e a mais ninguém. Talvez essa fosse uma desculpa para me livrar de seu convidado excêntrico.

— Quem vem a ser a senhora? — perguntei.

— A senhora Xiaoyu, que canta para mim à noite — respondeu o mestre Tang com um lampejo estranho nos olhos. Naquele momento, parecíamos habitar mundos diferentes. Era a segunda vez que eu ouvia aquele nome em tão pouco tempo. Seria coincidência ou eu teria esbarrado em algo além do meu alcance?

Uma curiosidade inexplicável levou-me a examinar alguns livros-caixa que o agente imobiliário anterior deixara para mim. Fui virando as páginas até encontrar as palavras "mansão à beira do lago". O lançamento, datado de doze anos antes, revelava que haviam usado tijolos, argamassa, reboco, cal e ferramentas para obras na ala leste. Porém, não havia registro dos salários dos trabalhadores. Em vez disso, alguns dias depois, meia dúzia de trabalhadores foram muito bem remunerados e enviados a propriedades da família em províncias distantes. Também foi comprada uma mortalha, mas não um caixão. Na verdade, não havia qualquer menção a um funeral. No mesmo período, adquiriram-se cavalos, carroças e vários coches, condizentes com o sumiço da família, pouco mais tarde. Neste ponto, as contas da mansão terminavam.

Meu sexto sentido me fez retornar à mansão. Era logo depois do anoitecer. Lao Liu abriu o portão, fazendo sinal na direção da ala leste, e correu para a cozinha tapando os ouvidos. Segui o criado.

— O que está acontecendo? — sacudi seus ombros sibilando.

— Não está ouvindo seu canto? — choramingou Lao Liu com uma expressão desvairada.

Eu só ouvia o vento nas árvores e o suave vaivém das águas do lago batendo na margem.

— Está me enlouquecendo! — gemeu Lao Liu. — Não fico mais aqui!

Batendo os dentes de medo, contou-me que mestre Tang Hao fervera suas ervas e aplicara o líquido à misteriosa pintura.

— Aos poucos, aquelas amoreiras, ou seja lá o que ele diz que são, sumiram — a voz de Lao Liu encheu-se de assombro. — Então, eu a ouvi cantar...

A porta e as janelas da ala leste estavam escancaradas, e a luz cerosa da lua inundava o quarto. Mestre Tang Hao estava sentado diante do pergaminho; um sorriso de êxtase iluminava seu rosto. As linhas negras que estragavam a pintura tinham sumido, exceto por alguns risquinhos obstinados que se prendiam aos cantos. Uma jovem etérea olhava para fora do quadro, lábios entreabertos, como se fosse cantar. Uma mão delgada acariciava um alaúde, enquanto a outra dedilhava suas cordas. Sob a luz inconstante, achei que o artista havia pintado algo que se parecia com um amuleto em seu pescoço. Embora nunca tivesse visto o retrato antes, a sensação de reconhecer o amuleto me fez estremecer. Pareceu-me ouvir a voz da jovem, que mal era audível, mas era cálida e insistente. Depois de suas palavras, meu coração se afligiu.

— Você também a ouve — suspirou mestre Tang Hao sem se mexer.

Suas palavras foram um choque que me trouxeram de volta à realidade. Mesmo que negasse, sen-

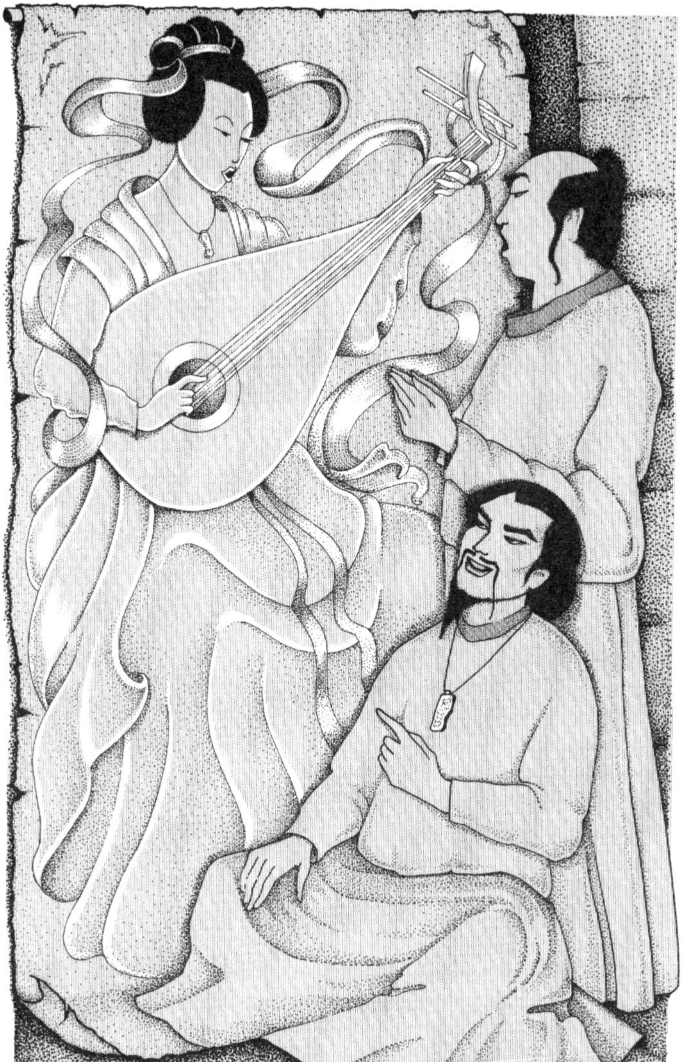

tia os olhos do retrato me olhando fixamente. A voz da jovem ressoava em meu cérebro, enchendo-me de uma dor aguda. Os olhos de mestre Tang Hao pareciam incendiar-se quando acrescentou:

— Ela se libertará na lua cheia.

Senti que estava me afogando. Com enorme esforço, obriguei-me a deixar o quarto e fugi dali.

Naquela noite, revolvi os papéis do meu patrão. Num maço de cartas com a chancela de seu pai, havia várias de Wang Xin, um casamenteiro, referentes à aquisição de uma concubina para o meu patrão. A jovem em questão era a filha bonita e talentosa de uma família culta, que passava por tempos difíceis. Havia um impedimento. A moça já havia sido prometida a outro. Porém, o pai, que estava em uma situação desesperadora, faria vista grossa dependendo do preço oferecido.

As negociações se arrastaram. O ancião estabeleceu um dote para seu filho. Presentes em dinheiro, seda, jóias e até uma casinha a um tal de Wu Tiansiang corresponderiam a compromisso de casamento para sua filha Xiaoyu. Lá estava o nome de novo! Xiaoyu! Eu estava remexendo em assuntos que instintivamente sabia que deveriam ser esquecidos, e, no entanto, não conseguia parar.

Não foi difícil achar a casa de Wu Tiansiang, mas a família tinha se mudado de lá havia muito tempo.

— Ele se imaginava um fidalgo, com todos os maneirismos — contou um vizinho, com desdém. — Mas vendeu a filha a quem ofereceu mais. Disseram que a moça tentou fugir da mansão do homem rico pelo lago com seu prometido. Algo deu errado... — Ele fez uma pausa. Dei-lhe algumas moedas e ele continuou.

— O jovem alugara um barco para a noite, e ele mesmo remaria. Não há nada demais nisso, mas o barco foi encontrado emborcado na manhã seguinte, e não havia nem sinal do jovem. Correram boatos de que ele foi assassinado.

— Não houve uma investigação? — perguntei.

— Para quê? — o homem respondeu minha pergunta com outra. — Disseram que ele era de fora, um dos muitos que vêm fazer os exames para o serviço público. Sem dinheiro ou contatos, quem se importaria com ele! Mesmo assim, o homem rico levantou acampamento pouco depois. Então, Wu Tiansiang vendeu discretamente a casa e também foi embora.

Aparentemente, eu havia chegado a um impasse.

Pensei no casamenteiro. Wang Xin também abandonara sua residência. A família foi reticente. Contudo, quando mencionei o nome do meu patrão, um lampejo de interesse brilhou nos olhos de um sobrinho.

— Meu tio vive em um monastério há dez anos — ele informou.

Algumas moedas, e ele forneceu o nome. O olhar do homem me revelou que ele não diria mais nada.

Mestre Wang Xin era um dos muitos idosos que viviam no monastério e faziam tarefas servis em troca de comida, abrigo, tranqüilidade e de um enterro decente quando morressem.

O monge que me mostrou mestre Wang Xin trabalhando no jardim disse:

— Achamos que está possuído. De dia é quieto, mas à noite canta. Sempre a mesma canção.

Murmurou uma bênção e retirou-se.

O rosto de mestre Wang Xin parecia uma ameixa de tão enrugado e ressecado. A princípio, não demonstrou interesse nem surpresa pela minha presença. De repente, algo adejou por trás dos olhos negros opacos.

Inesperadamente, ele disse: — Como não pudesse ganhar o coração de Xiaoyu, mandou pintarem seu retrato para escravizar sua alma.

Aproximou-se de mim e, inclinando-se, sussurrou: — Naquela noite, ele deveria estar fora, e o outro vinha buscá-la de barco. — Por um momento, distraiu-se. Então, continuou: — Só que nunca chegou lá.

Wang Xin agarrou-me pelo colarinho e sibilou em meu rosto: — Ele foi assassinado!

— Quem o assassinou? — gaguejei.

— Aquele para quem você trabalha — disse muito claramente. — O pai da moça soube do plano e contou-me, e eu contei ao seu patrão. Eu precisava de dinheiro! — Seu rosto amarfanhou-se numa massa grotesca de linhas que se cruzavam. — Ele a emparedou viva no santuário de seus antepassados. Depois, destruiu seu retrato para que sua alma nunca descansasse em paz... — Os olhos de Wang Xin apagaram-se. Ele me esquecera.

Foi uma longa jornada até a cidade. Parei para tomar uma jarra de vinho a fim de acalmar meus nervos. Estava escuro quando saí da taberna. A noite estava agradável, havia perfume de flores no ar, e eu não tinha pressa. Enquanto cavalgava pelo caminho, a lua cheia apareceu. Por entre as árvores, uma faixa do lago Oeste cintilou a distância. Subitamente, a observação misteriosa de mestre Tang Hao voltou-me à mente. Afundei as esporas no cavalo e galopei em direção ao lago.

A mansão estava completamente às escuras, mas o portão estava aberto. Gritei por Lao Liu. Ninguém respondeu. A porta que dava para a cozinha fora arrancada pelas dobradiças. Dentro, móveis e utensílios destruídos estavam espalhados por todos os lados, revelando uma batalha feroz. A luta claramente prosseguira até o outro lado do pátio, pois tropecei numa manga arrancada de uma túnica de algodão igual à de Lao Lui. Corri para a ala leste. Uma mancha estranha, como a sombra de outra pessoa, desfigurava o retrato de Xiaoyu. Um cheiro nauseabundo de podre provinha de um buraco feito na parede diante da porta da frente. Tapei o nariz e a boca e espiei pela abertura. Lá dentro havia um santuário de antepassados em ruínas. Farrapos de uma mortalha de linho e um alaúde jaziam no pó. Bloqueei na memória todo o resto que talvez tenha visto.

Os ruídos de algo se mexendo fora provocaram-me um sobressalto, mas não era ninguém. Passei pelo portão em disparada e desci pelo caminho do lago. Mestre Tang Hao estava empurrando um barco para longe da margem. Havia uma mulher de véu sentada à proa. Comecei a gritar por eles, mas minha voz congelou na garganta.

A mulher virou-se, e, quando levantou o véu, uma nuvem escondeu a lua, mergulhando-nos em uma escuridão efêmera. Quando a nuvem se dissipou, o lago tremeluzia, liso como um espelho.

Na manhã seguinte, foi encontrado um barco emborcado flutuando no lago. Perto dali, enroscados em plantas no fundo da água estavam os esqueletos de um homem e de uma mulher presos num abraço eterno. Ao serem trazidos à superfície, desfizeram-se em pó. Cada um deles usava a metade de um pingente de âmbar.

Fechei a mansão, e meu patrão aceitou minha explicação a respeito da partida de Tang Hao sem nenhum comentário.

Pensei que as coisas iam voltar a ser como antes, mas não foi isso que aconteceu.

De madrugada, antes de amanhecer, ouvi uma voz áspera, ao longe, cantando uma canção profundamente arraigada em meus sentidos. A cada nota fico mais tenso. Não há como fugir. Terei que voltar à mansão à beira do lago.

Mas hoje, não.

Hoje, não...

A Bela Dama

Li Shu estava recostado em sua cadeira, o rosto voltado para o sol, que penetrava por uma janela alta. A luz, que passava através de suas pálpebras fechadas, dissolvia-se, tépida, por todo o seu corpo. Estremeceu quando a tensão nos ossos e músculos começou a se desfazer. Pequenos sons filtravam-se em seu cérebro sonolento, distantes e neutros. Naquele momento, estava em completa paz.

A senhora Chan, sentada à sua mesa, do outro lado da sala, olhou por trás da pilha de contas e faturas que examinava seu marido mudar de posição. Uma sombra de preocupação passou, breve, por seu rosto. Ao constatar que ele estava confortável, voltou, satisfeita, ao que estava fazendo. Do lugar em que se encontrava via claramente o armazém embaixo, ao mesmo tempo em que um biombo a ocultava daqueles a quem observava.

Era mais do que sabido, embora não explicitamente, que a senhora Chan não só cuidava da casa de Li Shu, como também administrava seus negócios. Li Shu era um jovem inteligente, mas preguiçoso, que os teria levado à falência. Desde que tinham se casado há cinco anos, a mulher trouxera ordem e até objetivo à vida de Li Shu.

Sob seu comando, os negócios prosperaram. A senhora Chan tinha orgulho de saber quem eram seus fregueses e de antecipar suas necessidades. Além disso, conhecia seus funcionários. Vassoura nova varre bem. Como queria assentar tudo em novas bases, livrou-se rapidamente dos bajuladores e mexeriqueiros que fervilhavam em torno do marido, como moscas em torno do mel, despedindo-os. Conquistou o resto da equipe sendo sincera, justa e perspicaz. O marido teve que admitir que ela dirigia os negócios melhor do que ele jamais o faria.

Enquanto dormitava, dois olhos amendoados flutuavam na mente de Li Shu. Como um reflexo na superfície da água, eles o atraíam, distantes, mas provocantes. Ele suspirou. Do outro lado da sala, a mulher olhou-o novamente. A senhora Chan conhecia muito bem o marido. O problema de Li Shu era sua falta de objetividade. Havia feito o Exame Imperial para Funcionário Público, mas fora reprovado. Então, tentou a pintura, para a qual demonstrara certo talento. Os pais, que o mimavam, deram-lhe um estúdio numa travessa sossegada do outro lado da cidade, abastecendo-o com tudo o que um artista precisaria. Durante algum tempo, Li Shu foi até o estúdio todos os dias, mas não produziu nada que valesse a pena. Desperdiçava quase todo o tempo em companhia de outros futuros artistas e poetas, esperando que um lampejo de inspiração o atingisse.

Quando a senhora Chan se casou com ele, sabia muito bem que não fora requisitada pela beleza ou pelo tamanho de seu dote. Foram suas qualidades, que faltavam a Li Shu, que a tornaram o par ideal para o herdeiro dos negócios da família. Havia casado sem ilusões, mas a beleza e o charme indolente de Li Shu cativaram-na, e logo passou a amá-lo com paixão.

Muitas vezes, quando a aia penteava seu cabelo na hora de se deitar, a senhora Chan perguntava: — Tenho sido boa esposa?

A velha criada, que a acompanhava desde solteira, franzia os lábios e murmurava algo inaudível.

— Tenho sido?

— Continue perguntando — respondia a velha, sem parar de pentear.

Então, a senhora Chan se fez essa pergunta, mas nunca teve tantas dúvidas. Desde o último dia de pagamento do aluguel há um mês, sentiu uma mudança em Li Shu. Geralmente, quando vinha do campo, chegava em casa ao anoitecer. Desta vez, só retornou na manhã seguinte, cansado e de mau humor. Quando ela lhe perguntou onde estivera, foi ríspido pela primeira vez desde que haviam se casado.

— Todo homem tem o direito de ficar com os amigos sem ter de dar satisfações! — gritou.

Faltava parte do dinheiro arrecadado com o aluguel que Li Shu entregou a ela.

— Gastei um pouco — disse.

— Com o quê, honorável marido? — ela insistiu.

— Com uma coisa e outra! — disse, batendo os braços. — Não interessa.

— Ah, mas interessa, sim! — ela replicou. — O dinheiro do aluguel pertence ao negócio.

— O negócio! O negócio! — gritou. — Você não pensa em mais nada? E eu?

As últimas palavras ficaram ecoando em sua mente. Ao zelar pelo bem-estar financeiro do marido, não teria perdido o homem de vista? Essa idéia deixou-a apreensiva. Ela mantinha o lar confortável e em ordem. Estava sempre atenta ao que o marido gostava e não gostava. Quando se tratava da felicidade dele, a senhora Chan movia céus e terra. Obviamente, estava faltando alguma coisa. Perguntaria à aia onde errara. Ela sempre tinha uma resposta.

Pela primeira vez, a aia não respondeu prontamente. Foi reticente.

— Aia! — o tom da senhora Chan revelava impaciência. Os olhos das duas encontraram-se no espelho do toucador. Antes de recomeçar a penteá-la, a aia deu um puxão no cabelo comprido e brilhante de sua patroa.

— Aia! — o tom da senhora Chan abrandou-se. A velha estava de cara amarrada. Era uma expressão que a senhora Chan conhecia desde a infância. A aia só falaria quando estivesse pronta. A senhora Chan examinou seu próprio reflexo enquanto esperava. Seu rosto não era feio, só um tanto achatado. Tudo nele era arredondado: os olhos puxados muito próximos, os arcos curvos das sobrancelhas pintadas, o narizinho arrebitado. Em contraste com o resto, a boca larga, de lábios finos, parecia não combinar. Porém, de cabelos soltos, seu rosto não parecia tão largo e achatado. Disfarçadamente, ensaiou um sorriso, esperando que a aia não notasse. Mas é claro que a velha percebeu, porque deu outro puxão no cabelo de sua patroa e, inclinando-se junto ao seu ouvido, sussurrou:

— Ele mantém uma pessoa morando no estúdio.

As mãos da senhora Chan voaram até seu pescoço. Por um momento, a cor de seu rosto desapareceu, abrasando-o em seguida. A aia continuava a pentear.

Num esforço, a senhora Chan perguntou ao reflexo da aia no espelho:

— Quem?

— Uma mulher — respondeu a aia, colocando-a à prova. — Moça e muito bonita...

A senhora Chan virou-se e agarrou a mão dela.

— Como sabe?

— Eu o segui — disse. Para se justificar, acrescentou: — Ele tem se comportado de modo estranho desde que voltou do campo com a última arrecadação do aluguel.

Seu marido vinha mesmo se comportando de modo estranho. Passava o dia inteiro apático, mas, quando o sol se punha, parecia tomado de uma ansiedade febril. Assim que terminava o jantar, escapulia de casa e não ia para a cama até quase o raiar do dia. Dormia mal, rangia os dentes e balbuciava palavras incompreensíveis. Uma ou duas vezes, a senhora Chan acreditou tê-lo ouvido murmurar durante o sono:

— Bela Dama... Bela Dama...

Ficou emocionada, achando que Li Shu estivesse sonhando com ela. Agora não tinha mais certeza.

A senhora Chan examinou o rosto do marido, do outro lado da sala. Ele não parecia bem. Pensando melhor, não parecia bem desde que descobrira dois furos diminutos em seu pescoço.

— Não é nada — Li Shu assegurou-lhe. — Provavelmente é mordida de algum inseto. — Mesmo assim, ergueu depressa o colarinho para escondê-los. Como dormisse com a cabeça virada para um lado, expondo o pescoço, ela percebeu claramente que os furos não tinham fechado. De fato, estavam purgando, e a pele em volta deles apresentava lesões arroxeadas.

Mais um suspiro do marido adormecido arrancou a senhora Chan de seu devaneio. Limpou a garganta, pigarreando bem alto para acordá-lo. Ele acordou, zonzo e desorientado.

— Estava sonhando, honorável marido — a senhora Chan sorriu com os lábios, mas os olhos depressa registraram o embaraço de Li Shu. Ele resmungou alguma coisa, enquanto ajeitava a túnica, mudou de posição na cadeira e preparou-se para voltar a cochilar.

— Honorável marido, chegou o pergaminho que encomendou — disse, entregando-lhe a conta.

Li Shu arregalou os olhos. Sabia que a senhora Chan esperava que ele dissesse alguma coisa, mas não sabia se conseguiria falar.

— Eu teria encomendado se tivesse me pedido — havia um inconfundível tom de reprovação na voz da senhora Chan. — Mandarei que levem ao estúdio — acrescentou.

— Não precisa — Li Shu disse depressa. — Eu mesmo cuido disso.

— Um dos entregadores pode levar.

— Já disse que cuido disso! — Li Shu interrompeu-a.

Enfrentaram-se com o olhar. Li Shu foi o primeiro a desviar os olhos.

— É um presente para uma pessoa — explicou.

Era a deixa que estivera esperando.

— Quem é ela? — perguntou a senhora Chan.

Ela sentiu na própria carne a tristeza de seu olhar. Li Shu passou as mãos cansadas pelo rosva também continha uma caixa antiga com tintas e pincéis.

— São as únicas coisas do passado a que dou valor — murmurou.

Ela não podia nem ouvir falar em formalizar o relacionamento: — Preciso ser livre — disse, fixando os olhos em Li Shu. — Se não, morrerei.

Vinha de uma família de nobres arruinados. Seu pai a vendera para se casar com o comandante local, conhecido por sua crueldade e seus caprichos. Contudo, antes que fosse entregue ao seu senhor e mestre, ela fugira.

— Então, é uma fugitiva — suspirou a senhora Chan —, e ninguém menos do que a prometida do comandante.

Quando o marido tentou desmentir, ela nem quis ouvir.

— Todos sabemos que ele é um monstro, mas você tem noção das conseqüências do que fez? Quando ele a achar... ele vai... ele vai nos matar a todos. Inclusive a seus venerandos pais — acrescentou para ser enfática. — Qual é o nome dela? — subitamente a senhora Chan tornou-se eficiente.

— Não sei — murmurou Li Shu, corando.

Era verdade. Quando quis saber seu nome, ela respondeu:

— Tenho vergonha do meu nome de nascimento. Desprezo aquele que me foi destinado. Portanto, não tenho nome.

— Como devo chamá-la? — ele sussurrou, tomando o rosto dela entre as mãos.

— Como quiser — a moça disse.

Ele pensou um pouco. — Vou chamá-la de... Bela Dama... — repetiu o nome várias vezes, revolvendo-o na boca, com infinita ternura.

Ela riu, e parecia o tilintar de um sininho de prata.

A senhora Chan enrijeceu-se. Seu maior temor se confirmara. O marido havia se enamorado da moça. Mas sua voz soou calma quando tornou a falar:

— Para a segurança de todos, ela precisa sair do estúdio. Esconda-a onde não possam associá-la a você.

— Vou pensar nisso — disse Liu Shu, sem muita convicção. Por dentro, sabia que não faria nada por algum tempo, independentemente das conseqüências. Pois havia percebido que Bela Dama estava abatida e apática.

— Estou me sentindo enclausurada — disse, com um sorriso lânguido. — Gostaria de poder andar pelas ruas em plena luz do dia como qualquer pessoa!

— Mas você pode! — bradou Li Shu. — Vou acompanhá-la e ninguém ousará fazer-lhe mal algum. Prometo!

Ela balançou a cabeça: — É perigoso. Não suportaria se algo de mau lhe acontecesse. Tenho que ir embora...

O coração de Li Shu saltou no peito quando ouviu essas últimas palavras. Começou a procurar freneticamente algo para aliviar o tédio da jovem. Olhando em volta, deu um tapa na testa.

— Você poderia pintar aqui! — exclamou. Entusiasmado, escancarou armários e gavetas para mostrar-lhe seu conteúdo. — Tudo o que precisa está aqui — disse. — Use!

— Já usei — ela replicou. — É pouco. — Estendeu timidamente um pequeno esboço de Li Shu, a tinta e pincel.

Li Shu cumprimentou-a pela semelhança com sua pessoa, mas, quando pediu que lhe desse, ela recusou.

— Fiz para mim. Assim um pouco de você fica comigo, quando não está aqui — ela disse.

Percebendo seu desapontamento, acrescentou: — Farei um de mim mesma antes de eu ir embora.

— Você não pode falar em ir embora! — bradou Li Shu.

— Mas eu preciso ir — ela respondeu, afagando seu rosto com a mão delgada de um passarinho. — É inevitável. Depois de minha partida, o retrato vai fazê-lo lembrar-se de mim.

Em seguida, mudando para um assunto mais alegre, pediu que ele lhe comprasse alguns pergaminhos, da finura da pele humana, para o seu retrato. Sorriu, e as luzinhas esverdeadas dançando no fundo de seus olhos ofuscaram-no, fazendo com que ele tivesse que fechar os seus. Uma névoa vermelha envolveu-o, deixando-o gelado até os ossos, cansado e desorientado quando se evaporou. Ele lembrou-se vagamente de ter escrito uma ordem pedindo um pergaminho, antes de cambalear para os seus aposentos em um pátio atrás da loja. Não se lembrava de mais nada.

Quando o pergaminho chegou, Li Shu ficara impaciente para enviá-lo, mas Bela Dama insistira para que ele não mudasse a rotina diária por sua causa; não iria, portanto, ao estúdio antes de escurecer.

— Se me ama como diz, então concordará com este pedido simples — ela disse, séria.

— Por quê? — bradou Li Shu.

Ela torceu o nariz e deu uma risadinha: — Porque é melhor para todos nós — disse.

Então, ele esperou a noite para correr até o estúdio com o rolo de pergaminho debaixo do braço. Bela Dama agradeceu-lhe pelo presente, comovida. Desenrolou-o com cuidado sobre a mesa comprida usada para pintar e examinou cada centímetro dele. Arquejava, e a ponta do seu dedo, que deslizou por toda a extensão do pergaminho, tremia de entusiasmo. Naquela noite, Bela Dama esteve mais animada do que nunca, disparando pelo quarto, tagarelando o tempo todo. Porém, à luz bruxuleante das velas, Li Shu sobressaltou-se com sua mudança. Parecia desfigurada. Ele acreditou detectar o início de algumas rugas na sua testa e em torno de seus olhos que ele não havia notado antes.

Não entendia nada do que ela dizia, até que de repente se encontrou na rua, diante do portão fechado. Um lampejo de aborrecimento transformou-se em frustração e, depois, em resignação. Encostou a cabeça cansada no umbral. Seus pés pareciam pesados, suas pernas pareciam cambaleantes a ponto de não conseguirem tirá-lo dali. Assim que se recuperou, foi para casa. As ruas estavam vazias. Todas as lojas haviam fechado, e a maioria das casas estava às escuras. Sabia que o tempo tinha passado, mas não se recordava como. Apenas as palavras de despedida de Bela Dama permaneceram em sua memória:

— Não pode vir aqui até eu enviá-lo para você — disse. — Preciso ficar sozinha um pouco para pintar.

— Quanto tempo vai demorar? — ele se lamentou.

— A arte exige tempo — Bela Dama sorriu.

Li Shu obedeceu. Ficou longe do estúdio, embora fervilhasse de impaciência. A senhora Chan assistia a seu sofrimento, impotente. Às vezes ele ficava irascível, e às vezes desculpava-se por sua grosseria. Definhava a olhos vistos, até tornar-se uma sombra do que era. Apesar do terrível cansaço, Li Shu vagava sem destino pelas ruas. A senhora Chan não tentava impedi-lo, mas mandava a aia segui-lo a uma distância segura. Li Shu retirou-se para dentro de si mesmo. Um véu transparente separava-o do resto do mundo. Assim, estava atordoado e confuso quando, de repente, duas mãos saíram do amontoado de gente na rua e jogaram-no contra um muro. O choque da cabeça contra a superfície dura trouxe-o de volta à realidade. Li Shu viu-se cara a cara com um monge mendicante muito zangado.

— Você está enfeitiçado! — esbravejou o monge, suíças brancas arrepiadas e cuspindo para todos os lados. — Está envolvido por uma aura ruim! Está amaldiçoado!

Li Shu fixou seu agressor, desamparado demais para responder. O monge agarrou o colarinho de sua túnica, puxando-o para baixo, e disse ainda mais baixinho para a multidão que se juntara ao redor deles:

— Exatamente como eu imaginava! A malvada está sugando seu sangue. — Ele apontou as duas feridas purulentas no pescoço de Li Shu. A multidão deixou escapar um grito abafado e afastou-se. — Venho perseguindo essa criatura do mal há muito tempo... — O monge chegou bem perto de Li Shu e sussurrou, num tom de urgência, em seu ouvido.

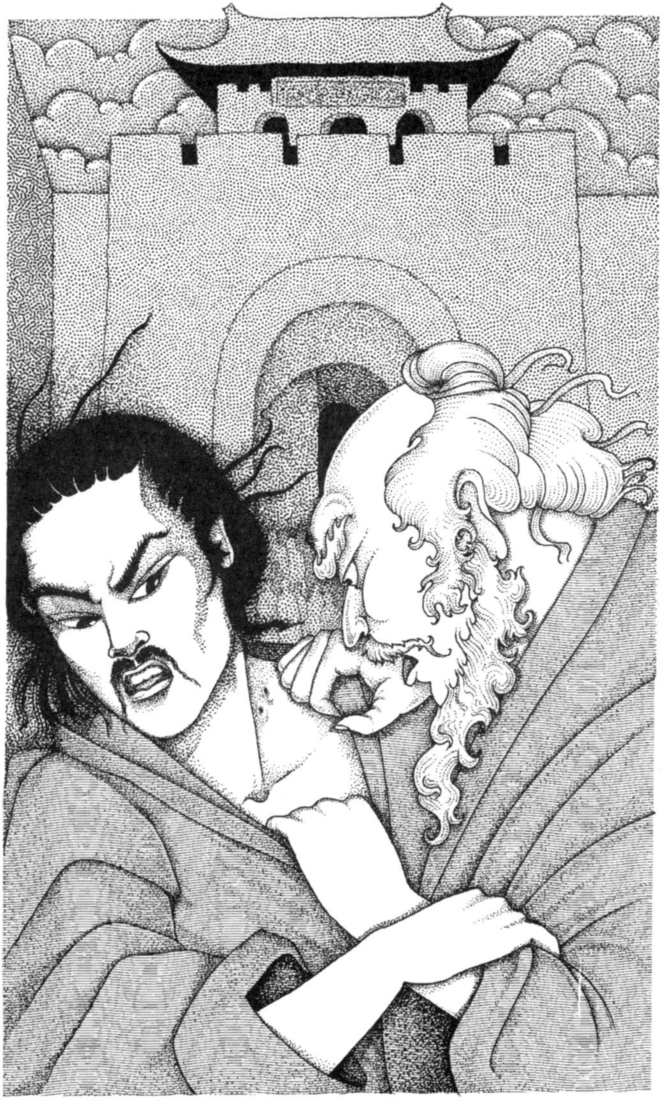

Li Shu estremeceu. Sua boca abriu-se e fechou-se como a de um peixe fora d'água.

— Você está louco! — vociferou finalmente, lutando para se libertar do monge. Este tinha o semblante severo, mas não tentou deter Li Shu.

— Você pode escolher entre a vida e a morte, mas escolheu a morte. Que assim seja. — E desceu a rua sem pressa, deixando Li Shu apoiado no muro, sem ar. Se prestasse atenção, notaria a aia da esposa correndo atrás do monge.

Li Shu ouvia seu próprio coração bater, enquanto se precipitava o mais rápido possível para o estúdio, impulsionado pelo que acabara de ouvir. O portão estava trancado por dentro, como já esperava. Deu a volta até os fundos, onde parte do muro tinha desmoronado; tivera a intenção de consertá-lo, mas jamais o fez. Sem fôlego de tanta ansiedade, espremeu-se pela brecha, adentrando o pequeno pátio atrás do estúdio, e engatinhou até a janela. Ouvia-se certa movimentação no interior. Uma ou duas vezes acreditou escutar o som de vozes e risadas. Molhou a ponta do dedo com saliva e pressionou-o contra o painel de papel-arroz que revestia a janela, até fazer um buraco por onde pudesse espiar. Seu sangue congelou nas veias quando viu o que estava acontecendo. Aturdido, saiu arrastando-se pela fresta do muro, parou um coche e rumou para casa.

Li Shu batia os dentes quando a senhora Chan ajudou-o a deitar-se. Ele colou-se à esposa, o olhar enlouquecido de terror. A senhora Chan confortou-o com sua habitual eficiência silenciosa.

— Pronto, pronto — tranqüilizou-o, afagando sua fronte febril —, apanhou um resfriado andando por aí nesse tempo, sem capa.

A presença da senhora Chan era reconfortante. Ela era leal, e não se alterava, independentemente do que acontecesse. Ele agarrou sua mão:

— Ajude-me! — disse, ofegante. — Estou com medo!

— Do quê, honorável marido? — arrulhou a senhora Chan. — Está em casa, deitado em sua cama.

Ele queria contar à esposa sobre o monge, mas parou ao avistar a aia, de pé, atrás dela, com uma tigela de alguma coisa quente nas mãos. Não gostava dela. Pior do que isso, não confiava nela. Esperaria até que ficassem a sós. Enquanto isso, permitiu que o acomodassem nos travesseiros para que a esposa pudesse lhe dar colheradas de um líqüido marrom e nauseabundo.

— Quanto pior o gosto, mais eficiente é — disse a senhora Chan, como se tentasse convencer uma criança.

Li Shu tentou responder, mas sua língua estava tão entorpecida que não conseguiu. Reclinou-se, fechou os olhos e cochilou. Espiava outra vez pelo buraco no painel da janela do estúdio, ansioso por saber a verdade. Seu coração se recusava a acreditar que a bruxa de cabelos espetados e olhos de fogo que vira balbuciando sandices sobre uma pintura estendida em cima da longa mesa era Bela Dama. Com certeza era uma impostora com suas roupas, pois Bela Dama era jovem e bonita.

— Você está vivo porque ela precisa de você — a voz implacável do monge ressoou novamente em seus ouvidos. — De tempos em tempos ela tem que se renovar, pintando um auto-retrato em pergaminho, que se tornará sua nova pele. Mas, para continuar viva, também precisa de um coração novo. Tomará o seu quando lhe convier... Então, você se unirá a ela, como uma criatura morta-viva, para sempre amaldiçoado. Leve-me até ela enquanto é tempo!

Li Shu debatia-se em seu delírio. Tentava gritar: — Ela não é um ex-vampiro —, mas não conseguia.

O monge sumiu num vazio cinzento. Li Shu suspirou. De repente, suas roupas pareciam apertadas demais, e ele teve que arrancá-las. Finalmente livre, postou-se ao lado da cama, leve e insubstancial, olhando despreocupado para seu outro eu que estava deitado. A senhora Chan estava largada numa poltrona ali perto, de olhos fechados. Ele seguiu o caminho de uma lágrima, semelhante a uma pérola, que escorria por seu rosto distraído. Quando tentou enxugá-la, percebeu que não conseguia. Tampouco ela ouviu quando a chamou. Cavalgava com a elasticidade de um antílope, sensação que o enchia de um deleite infantil. Não teve de abrir a porta, simplesmente a atravessou. Ao chegar lá fora, saltou levemente de um telhado a outro, gritando de alegria para o céu:

— Bela Dama! Bela Dama!

O grito vindo do coração encontrou resposta. Ela veio, com os pontinhos esverdeados dançando em seus olhos, e, ansiosamente, ele se rendeu à névoa vermelha que o envolveu.

Uma força, maior do que jamais experimentara, puxou-o de volta para a cama. Um peso dolorido apertava seu peito, e ele respirava com dificuldade. Com os olhos entreabertos, olhou o quarto inundado pela luz do dia. Teve a sensação de que havia gente por perto, embora fora de seu campo visual. A porta do fogão bojudo no centro do quarto devia estar aberta, pois sentia cheiro de papel queimado. Logo, um estalo denunciou que fora fechada.

— Espero que seja a última carta dela.

Li Shu reconheceu a voz da esposa, mas sua cabeça estava tão pesada que não conseguia mudar de posição e ver a quem ela se dirigia.

— Com certeza a essa altura ela já percebeu que Li Shu não vai voltar — continuou a senhora Chan. — Uma pessoa sensata iria embora.

— Ah, preciso tornar a lembrá-la, cara senhora, de que ela não é sensata? — um homem respondeu, em voz baixa. Ondas de medo percorreram-lhe o corpo ao ouvir aquela voz. Com muito esforço, emitiu um som que era meio gemido, meio queixume. Um dedo levantou um de seus olhos, abrindo-o. Ao mesmo tempo, seu pulso foi agarrado por uma mão firme, mas suave. Neste momento, Li Shu reconheceu o monge.

— Ele está voltando a si? — perguntou a senhora Chan. — Parece que está se esvaindo...

— Talvez esteja, cara senhora — sussurrou o monge, soltando o pulso de Li Shu —, apesar dos nossos esforços.

— Mas essas... coisas... — disse a senhora Chan — deviam deixá-la em apuros!

Li Shu forçou os olhos a se abrirem mais um pouco. Montes de ervas engrinaldavam sua cama. Agora entendia de onde vinha aquele cheiro estranho e penetrante. Instintivamente, sabia que tinha algo a ver com Bela Dama. Se tivesse forças, ele as rasgaria.

— Vão segurá-la por um tempo — o monge respondeu. — No momento, ela comunga com seu espírito — fez uma pausa, como que antecipando o que a senhora Chan estava prestes a falar. — Podemos controlar o corpo, mas não o espírito. A criatura vai ficar desesperada, pois a nova pele definhará sem um coração novo.

A observação encheu Li Shu de aversão pelo monge. Tinha que admitir que Bela Dama o intrigava. Por exemplo, ela descobrira muito depressa seus pratos preferidos e preparava-os para ele, mas nunca os compartilhava. Tampouco o deixava entrar em casa antes do anoitecer. Tinha de haver uma explicação lógica, se pelo menos tivesse forças para procurar!...

A senhora Chan deixou escapar um gemido: — Escutei seus passos e lamentos no pátio, à noite.

— Ah! — havia um tom de triunfo na voz do monge. — Estamos afugentando-a...

Agora Li Shu sabia que estavam tramando algo diabólico contra Bela Dama, enquanto ele jazia na cama impotente. Precisava avisá-la de algum modo. Li Shu agitou-se. O monge tomou seu pulso novamente.

— Nosso dorminhoco está acordando — sussurrou. O rosto redondo e achatado da senhora Chan bloqueava a visão de qualquer outra coisa. Li Shu não tinha forças para recusar o líqüido nauseabundo que ela lhe dava. Logo depois a esposa o deitou, e ele se deixou ficar.

Já começava a anoitecer quando a senhora Chan saiu do quarto de Li Shu, com a aia atrás dela. Agasalhadas com capas longas, as duas saíram da casa, dirigindo-se rapidamente para o portão da cidade.

— Ai, minha querida, deixe-me ir em seu lugar. Não é lugar para uma senhora — suplicou a aia.

A senhora Chan jamais recuava diante de nada desagradável que tivesse que fazer.

— Não! — repostou. — É uma questão de vida ou de morte para meu marido. Só diz respeito a mim. Vamos logo!

A aia lançou um olhar funesto às costas de sua patroa, sabendo que não valia a pena contradizê-la. Quando ultrapassaram o portão de saída da cidade, pegaram uma estrada de terra batida, que saía da via principal. Mesmo antes de alcançá-la, já sentiam o cheiro do depósito de lixo. Dele subiam vapores que espiralavam em uma dança zombeteira ao sol da tarde.

— Espere aqui — a senhora Chan ordenou por sobre os ombros à aia frustrada.

Lutando contra ondas de náusea, a senhora Chan escalou a colina de matéria em decomposição. Por dentro, vituperava contra o monge por tê-la enviado nessa missão.

Ela voltaria atrás não fosse o desafio do monge reverberando em sua mente:

— Não posso fazer mais nada, mas alguém mais sensato pode. Em suma, só a senhora pode vencer este antigo mal — disse o monge. — Precisará de todas as forças que puder reunir.

Sobretudo, é necessário um amor ilimitado e incondicional.

O olhar que lhe lançou deixou-a trêmula. Apertou os dentes e jurou fazer tudo o que ele ordenasse. — Mesmo que me custe a vida! — exclamou.

Agarrou-se à encosta escorregadia e nada confiável do monturo. Impulsionava-a a teimosia, um traço de personalidade que não a deixava admitir a derrota. A senhora Chan perguntava-se ingenuamente se o orgulho sozinho seria suficiente para conquistar aquela colina infeliz! A cada passo afundava mais na sujeira. Já perdera os sapatos naquela imundície fedorenta. Agora, a anágua e a túnica, saturadas de umidade, sobrecarregavam-na com seu peso. Acabou por escorregar e, despencando para a frente, deslizou encosta abaixo. Levantou-se, atordoada e momentaneamente cega pela luz do sol que baixava, e tornou a subir. Seu rosto estava banhado de suor, misturado a lágrimas de desespero e de humilhação.

Uma gargalhada desagradável, vinda de algum lugar acima dela, fez com que a senhora Chan voltasse o rosto para aquela direção. Protegendo os olhos do sol, viu uma figura grotesca empoleirada no topo do monturo, que mais parecia uma aranha gigantesca do que um ser humano. Seu coração parou, mas, lutando contra o tremor da voz, ela falou, firme:

— Procuro pelo Santo Eremita.

A criatura deu um salto no ar, agitou-se muito, e rindo, zombeteiro, disse:

— Ela procura pelo Santo Eremita! — Ficou quieto por alguns momentos e acrescentou, dando um grito agudo:

— E não são todos que o procuram?

A senhora Chan engoliu em seco, pois, à medida que seus olhos se acostumavam com a luz, via que o homem era tão imundo como aquele lugar e provavelmente maluco. Respirou fundo e perguntou:

— Você é o Santo Eremita?

— Quem mais posso ser nesse lugar abençoado? — o homem replicou. — Chegue mais perto para que eu possa vê-la!

A senhora Chan olhou hesitante o caminho à sua frente e ficou desanimada. Uma risada zombeteira acima dela fez com que cerrasse os dentes. Ergueu as saias e, de pernas nuas, atacou a encosta escorregadia outra vez. A aranha humana a observava, rindo, gritando insultos e palavras de estímulo, entre arroubos de encantamentos estranhos ladrados para o alto.

A senhora Chan caiu novamente. Seu cabelo, que se soltara, era uma massa de cachos grudentos que caíam sobre seu rosto, turvando a visão. Na verdade, seu rosto estava tão encardido, que só o branco dos olhos aparecia. Continuou lutando às cegas, gradual e penosamente, o coração batendo no peito como um pássaro cativo. Às vezes, parecia que o céu e a terra trocavam de lugar. E então a luz chegou a seus olhos, e o vento soprou em seu rosto.

— E então? — gritou o Santo Eremita por debaixo da espessa e espetada cabeleira encardida. — O que está procurando? — Em seguida, respondendo à sua própria pergunta, provocou-a:

— Acho que veio para se casar comigo!

A senhora Chan sentiu seu rosto queimar. Antes que pudesse soltar uma resposta malcriada, o Santo Eremita ficou de pé e aproximou-se dela em um salto. Segurou seu queixo com a mão, virando seu rosto em direção à luz.

— Não é bonita — proferiu, deixando a mão cair. — Não tem importância, não sou do tipo que se casa.

— Já sou casada — gaguejou a senhora Chan.

— Que pena! — respondeu o Eremita. — Para o marido...

Os olhos da senhora Chan se inundaram de lágrimas cálidas. Enxugou-as, determinada a não dar à grosseira criatura a satisfação de vê-la chorar.

— Bem, o que veio fazer? — bradou o Eremita. Agarrou-a pelos cabelos e arrastou-a até a beira da encosta. — Se não tem o que fazer aqui, vá embora!

A senhora Chan desvencilhou-se dele. A sujeira escorregadia sob seus pés derrubou-a de joelhos. Seus últimos vestígios de orgulho espatifaram-se. Soluçando convulsivamente, ela contou sua história.

O Eremita escutava, gingando e bradando encantamentos primitivos o tempo todo. No fim do relato, ficou sério e disse com uma voz quase gentil:

— Traga-me alguns cogumelos brancos e alguns pretos.

— Onde posso encontrá-los? — perguntou a senhora Chan, soluçando.

O Eremita agarrou-a pelos cabelos novamente e arrastou-a pelo topo do monturo, apontando para cá e para lá, gritando:

— Olhe! Além e aquém! Aqui e ali! Em todo lugar!

Largou-a abruptamente, deixou-se cair no chão e ficou completamente imóvel, em posição de lótus. Nenhuma lágrima ou súplica fariam-no pronunciar mais alguma coisa. O sol descia rapidamente no horizonte.

A senhora Chan teve que engatinhar na sujeira para procurar pelos cogumelos. Para seu espanto, achou-os no lugar mais sujo, brilhando com uma estranha beleza iridescente. Ela rasgou uma tira da anágua para amarrá-los.

— Uma dúzia de cada um basta — disse o Eremita, como se falasse com o vento. — Agora, vá!

— Mas o que devo fazer com eles? — a senhora Chan perguntou, a voz trêmula.

— A senhora saberá o que fazer — murmurou o Eremita. Sua cabeça caiu para a frente, e ele começou a roncar.

A senhora Chan ficou ali, tremendo de exasperação. Se aquela lama não a estivesse sugando lentamente, bateria os pés no chão de raiva. O Eremita dormia a sono solto, e a luz do dia desvanecia rapidamente.

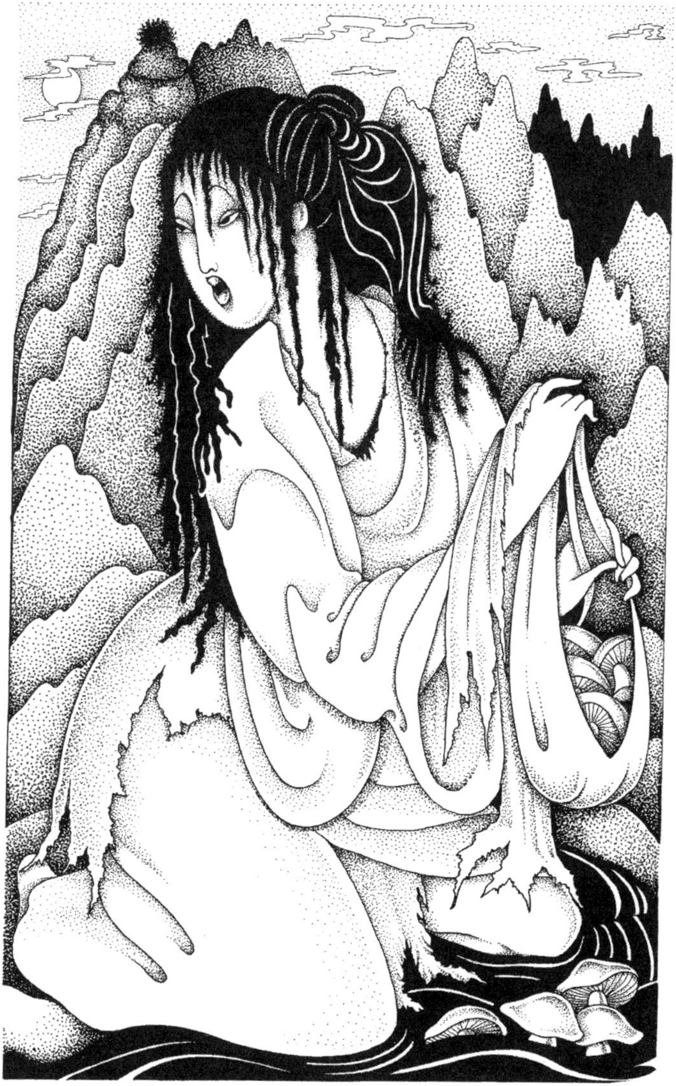

A aia chorou de desalento quando a patroa cambaleou para fora do monturo fétido, agarrada aos cogumelos. A senhora Chan achou a reação de horror da aia despropositada e divertida. Imunda e descalça, ela se sentia livre. Sem uma palavra, dirigiu-se resolutamente, de cabeça erguida, para o portão da cidade. A aia, esgueirando-se atrás dela, escondeu o rosto envergonhada.

Banhada e vestindo roupas limpas, a senhora Chan examinou o precioso punhado de cogumelos. Os brancos tinham a forma de constelações de estrelas, enquanto os pretos eram ondulados e cheios de saliências, como cristas de galo. Fora de seu ambiente natural, tinham um cheiro levemente adocicado, que ela achou bem confortante.

Enviou a aia ao templo para perguntar ao monge o que fazer com os cogumelos, mas ele havia partido. Contudo, o Eremita dissera que ela saberia o que fazer. Sentou-se ao lado da cama do marido doente para refletir. Olhando o rosto acinzentado de Li Shu, teve a impressão de vê-lo deitado num caixão. Talvez os cogumelos fossem um elixir para quebrar o feitiço de Bela Dama. Assim que a idéia tomou corpo, a senhora Chan começou a agir. Colocou uma panela de água para ferver no fogão do quarto e jogou os cogumelos dentro. Quando eles caíram na água, chiaram, transformando-se rapidamente numa espécie de gelatina, que se dissolveu. Logo um inebriante aroma doce espalhou-se pelo ar, fazendo a cabeça da senhora Chan girar. Ela fechou os olhos e adormeceu imediatamente.

"Acho que é um vendaval!", pensou Li Shu, ao despertar de um sono profundo com o barulho de uma janela batendo. À luz das velas que se derretiam, viu que algo estava cozinhando no fogo. Um odor mais forte do que o das ervas que adornavam o quarto irritava-lhe o nariz e enchia seus olhos de água. A esposa mexeu-se na cadeira. Ela também tinha sido acordada por um barulho.

Era um ruído na janela, como se alguém a estivesse arranhando. "Algum pássaro noturno deve estar bicando o papel-arroz", pensou Li Shu. Então, ele arregalou os olhos de medo; ouvira a respiração de alguém lá fora. O papel da janela se rasgou, fazendo muito barulho. Uma mão de mulher introduziu-se no buraco, tateando para achar o trinco, encontrou um molho de ervas amarrado nele e afastou-se com um grito de surpresa e dor. A testa de Li Shu estava molhada de suor. Tentou levantar-se sozinho da cama, mas algo o segurou. Não conseguia se mexer, nem tinha forças para gritar. Quem quer que fosse, hesitou do lado de fora, resmungando e andando rapidamente para lá e para cá. De repente, a janela abriu-se com violência, e uma mulher a escalou, dando risadinhas e falando coisas sem nexo. As velas se apagaram. Li Shu não conseguia ver o rosto da mulher, mas reconheceu o aroma de amêndoas.

— Bela Dama! Bela Dama!... — disse, sufocando.

— Vim para buscá-lo, Li Shu — ela respondeu, a voz melosa. — Por que me abandonou?

Li Shu tentou responder, mas não conseguia articular as palavras, pois sua língua estava rija.

Ela aproximou-se da cama com cuidado, emitindo sons de irritação devido às ervas que barravam seu caminho.

— Venha para mim — suplicou, abrindo os braços. — Prometeu-me seu coração, mas você é falso, como todos os homens!

Li Shu balançou debilmente a cabeça.

Bela Dama deixou seus braços caírem. Seu corpo enovelou-se, como o de um gato, e ela saltou na cama, derrubando um monte de ervas ao aterrissar. Por um instante, pareceu que uma rede invisível havia caído sobre ela, fazendo-a gritar. A senhora Chan levantou-se como um raio. No escuro, mal conseguia distinguir o vulto escarrapachado sobre seu marido, com uma das mãos agarrada à sua garganta, e a outra rasgando-lhe a camisola. Cega de horror, a senhora Chan pegou a panela fervendo no fogão. Distraída pelo movimento, a figura agachada virou-se, e foi quando a senhora Chan jogou o conteúdo da panela no rosto de Bela Dama.

Os gritos lancinantes de Bela Dama foram horríveis de ouvir. Quando o barulho cedeu, a aia entrou furtivamente no quarto. Encontrou-o em completa desordem. O ar estava fétido com o cheiro ácido de algo se queimando. O patrão e a mulher estavam desmaiados, mas aparentemente ilesos. Não havia mais ninguém lá.

Passaram-se meses antes que Li Shu se recuperasse totalmente de sua misteriosa doença. Nem ele nem a senhora Chan jamais conversaram sobre os acontecimentos daquela noite ou sobre Bela Dama. Bloquearam-nos na memória. Era como se nada tivesse acontecido.

Um ano depois, a senhora Chan convenceu Li Shu a vender o estúdio. Ele não colocou objeções, já que nunca o usava. Porém, antes de mostrá-lo a um comprador potencial, Li Shu resolveu visitar o lugar, para ter certeza de que não havia nada que quisesse conservar.

Achou um rolo de pergaminho amarrado com uma fita vermelha. Reconheceu imediatamente o desajeitado nó duplo que ele fizera para amarrá-lo. O rolo mexeu com suas lembranças. Jogou-o no fogo com o resto do lixo, sem olhar.

A verdade é que Li Shu não tinha mais certeza de que Bela Dama existira um dia. Também não conseguia mais se lembrar do rosto outrora tão querido, com exceção dos olhos amendoados, negros como a noite, com curiosos pontinhos verdes no fundo. Contudo, duas diminutas cicatrizes ficaram-lhe no pescoço pelo resto da vida.

A borboleta

Aos trinta anos, Ning já havia sido reprovado duas vezes no Exame do Serviço Público Imperial. Seu pai, que o queria nos negócios da família, não o encorajou a uma terceira tentativa.

— Plantamos chá há muitas gerações — tentou persuadi-lo o pai. — Esta continuidade não pode ser interrompida por capricho!

— Certamente os antepassados seriam honrados da mesma maneira, se eu me tornasse um ministro ou um magistrado local! — contestou Ning.

Por fim, o pai rendeu-se aos argumentos de Ning, mas impôs uma condição:

— Jure pelos nossos antepassados — disse o pai, muito sério — que, se não for bem-sucedido, você irá assumir os negócios, casar-se e produzir uma prole para levar adiante o nome da família.

Ning, a contragosto, fez o juramento.

Dessa vez, passou no exame preliminar e foi convocado para escrever sua tese final na capital da província. Ning ficou eufórico, convencido de que era um sinal de que os antepassados estavam do seu lado. Chegou animado a Hangzhou e percorreu a cidade de um extremo a outro, procurando alojamento. Cada centímetro quadrado estava tomado. Desanimado e com dor nos pés, ficou desesperado. Talvez os antepassados estivessem brincando com ele, trazendo-o tão perto de seu objetivo apenas para frustrá-lo. Como poderia escrever a tese que faria sua fortuna, se não tinha onde morar? Estava afogando as mágoas em uma taberna, quando, sem querer, ouviu uma conversa sobre uma casa abandonada, nas colinas que davam para o rio Chien Tang. Ning resolveu procurá-la. Perdeu-se várias vezes, mas sua persistência venceu.

A casa estava praticamente em ruínas. Além do pátio de entrada, havia outro com quartos construídos um de frente para o outro, nos lados leste e oeste. Um aviso escrito à tinta numa tira de papel, com as palavras "MANTENHA DISTÂNCIA", estava afixado na porta de um quarto que dava para o leste. Então, Ning ficou com o outro.

Depois de instalado, vislumbrava, às vezes, um vulto entrando no quarto ou saindo dele em frente ao seu. Quem quer que fosse, optara por manter-se afastado, o que lhe era conveniente. Estava contente por ter abrigo e sossego para poder escrever sua tese.

Nos primeiros dias, esforçou-se para escrever, em vão. Em um dia chuvoso e feio, ele subitamente achou uma fonte de inspiração que parecia inesgotável. As batidas ritmadas da chuva no telhado fundiam-se com a corrente de pensamentos que se derramava da ponta bem-formada do pincel de Ning. Mais tarde, a chuva parou. O silêncio interrompeu-lhe a concentração. Ning espreguiçou-se, aliviando a dor nos ombros. Sentiu sede. Pegou um balde e foi até o poço.

O jardim para além do pátio fora abandonado havia muito tempo. Ervas daninhas e amoreiras silvestres cobriam tudo, exceto o caminho para o poço, onde pareciam ter pisado muito recentemente no mato irregular.

O poço ficava na extremidade de um terraço parcialmente desmoronado. A corda amarrada à roldana enferrujada estava gasta mas ainda dava para usá-la. Quando se inclinou para puxar a água, Ning viu, com o canto dos olhos, um movimento que o fez olhar para cima. Pousada nas pedras do calçamento, uma borboleta abria e fechava suavemente as asas salpicadas de dourado e púrpura, equilibrando-se para voar. Ning contemplou-a erguer-se no ar, deslizar em volta dele e baixar, como se o observasse sob todos os ângulos. De repente, ela se desviou e desapareceu no denso bosque de pinheiros verde-escuros, que ocultavam a metade inferior do jardim.

A partida da borboleta deixou Ning estranhamente desolado. Tentou voltar à sua tese, mas não conseguiu retomá-la do ponto em que havia parado. Sentia uma estranha agitação no peito, como se nele houvesse uma borboleta aprisionada. Não conseguia parar sentado. O ranger de uma dobradiça enferrujada no pátio foi um pretexto para largar o pincel. Abriu a porta exatamente quando o ocupante do quarto em frente estava para entrar.

Era um homem sinistro. Dos cantos dos olhos à curva do queixo, tinha rugas profundamente marcadas, que lhe conferiam uma expressão sardônica. O nariz, arrogante e aquilino, e a larga boca de lábios finos acrescentavam-lhe um ar de distanciamento pensativo. O cabelo comprido e liso, puxado para trás e amarrado com uma fita na nuca, a túnica, as calças e as botas de solas grossas que usava eram condizentes com as de um homem de ação.

Ning apresentou-se ansiosamente.

— Não há dúvida de que está escrevendo para o Exame Imperial — disse o estranho com um sotaque surpreendentemente culto.

Ning gaguejava quando ficava nervoso, e o outro fez um gesto de impaciência para que ele falasse de uma vez.

— Venha tomar uma taça de vinho comigo, daqui a uma hora. — O convite soou mais como uma ordem. — Daqui a uma hora — repetiu o estranho, fechando resolutamente a porta na cara de Ning.

"Quem ele pensa que é?", pensou Ning, com raiva. Decidiu não ir.

Dali a pouco, o cheiro de comida sendo preparada penetrou pela janela. O que é vinho sem comida! Um ronco no estômago de Ning venceu seu ressentimento. Jogou um pouco de água no rosto, penteou o cabelo, vestiu uma túnica limpa e atravessou o pátio precisamente uma hora mais tarde.

O quarto do estranho era idêntico ao de Ning, exceto por ser ornamentado com ramos de ervas, cujos aromas variados se mesclavam, estonteando, no ar. Amuletos para afastar maus espíritos, escritos em caligrafia clara e fluida, cobriam as paredes. De um lado havia um banco, caindo aos pedaços, onde estavam empilhados alguns pergaminhos, muitos dos quais pareciam ser mapas de constelações. O único objeto não coberto de pó era uma espada dentro de uma bainha de couro pendurada sobre o *kang* (plataforma de dormir).

Os dois homens sentaram-se de pernas cruzadas no *kang*, o vinho e a comida entre eles. O anfitrião de Ning não se apresentara antes, e não se preocupou em se apresentar. A conversa entre os dois consistia em frases curtas e desconexas, como é comum entre estranhos. Após terminarem a refeição simples, porém farta, e o vinho sofrível, os silêncios tornaram-se entediantes. Ning ficou tentado a desculpar-se e ir embora. Contudo, seu cérebro estava turvado pela quantidade excessiva de vinho e pelo aroma envolvente das ervas. Tudo parecia enevoado.

Ning acordou com a cabeça latejando. Estava escuro, e chovia novamente. Tateando no escuro, achou uma vela e teve de se concentrar muito para acendê-la. A noite era uma miscelânea de impressões ambíguas, cujos fragmentos lhe surgiam distinta e claramente na memória.

Deitou-se, tentando reunir o que conseguia se lembrar do vizinho.

"É muito velho para estar procurando uma colocação no serviço público", disse Ning a si mesmo. Desde que se mudara para aquele lugar solitário, começara a conversar consigo mesmo. "Pode ser que seja um feiticeiro..." Os mapas em seu quarto pareciam apontar nessa direção. Ning já ia descartando essa idéia, quando se lembrou da espada pendurada na parede.

— É um cavaleiro andante! — disse alto. Isso também não acrescentava nada, pois o homem se portava como um fidalgo. "Então, a que conclusão chegamos?" Ning respondeu à sua própria pergunta: "A nenhuma."

Da conversa deles, Ning só se lembrou de uma observação. Seu anfitrião o avisara para não se aventurar fora do quarto depois de escurecer.

Rindo, Ning perguntara por quê.

— Para o seu próprio bem — foi a resposta que ele repetiu várias vezes.

Ning poderia culpar-se por não ter continuado o assunto. Mas não tinha importância, não tinha nenhuma intenção de aventurar-se lá fora, na noite escura e molhada. Aninhou-se em seu acolchoado e preparou-se para voltar a dormir.

O som de alguém arranhando a porta do lado de fora insinuou-se gradualmente em sua mente.

— Quem está aí? — Ning gritou. O som parou. Quando Ning tornou a se deitar, recomeçou.

— Há alguém aí? — Ning gritou outra vez, a garganta estranhamente seca. De novo o som cessou. Ning levantou-se do *kang* e escancarou a porta.

Na soleira viu uma moça franzina desfalecendo de cansaço. A água da chuva escorria pelo seu cabelo e por seu rosto em forma de coração. Seus olhos amendoados, de cílios longos e graciosos, tremiam de medo. Ning ficou comovido.

— Entre — disse delicadamente. A moça passou por ele, os olhos pudicamente baixos. A vela enchia o quarto de sombras que dardejavam.

— Sente-se, por favor — disse Ning, indicando o *kang* onde dormia, comia e trabalhava. — Como pode ver, não tenho muita coisa. — Percebendo um sorriso levemente condescendente na expressão da moça, acrescentou: — Isto é só temporário — disse, com um riso nervoso.

— Será funcionário do tribunal algum dia — disse a moça.

— Está zombando de mim novamente — Ning deixou escapar, sentindo-se tolo, logo depois.

— De maneira alguma — disse a moça, que não devia ter mais do que dezessete ou dezoito anos. — Posso afirmar pela curva de sua sobrancelha, pelo arco do nariz, pelo formato da boca — fez um gesto englobando a pessoa de Ning —, pelo seu comportamento...

Ning riu, estremecendo. Adorava elogios.

Vou acender o braseiro e fazer chá — gaguejou, ocupando-se.

A moça sentou-se na ponta do *kang*, seus pezinhos mal tocando o chão. Ela havia tirado a capa molhada. Por baixo, usava uma túnica de seda amarelo-clara, salpicada de flores púrpuras, como convém a uma dama de classe. Contudo, naquele momento, mais parecia uma borboleta molhada estendendo as asas para secá-las.

Em um segundo, Ning acendeu o braseiro, e a chaleira de chá já assobiava.

A moça começou a tagarelar alegremente, como uma criança. Disse que estava indo visitar a avó e tinha sido apanhada pela chuva.

— Os raios assustaram meu pobre cavalo, que fugiu. Sou boa amazona — disse enfaticamente.

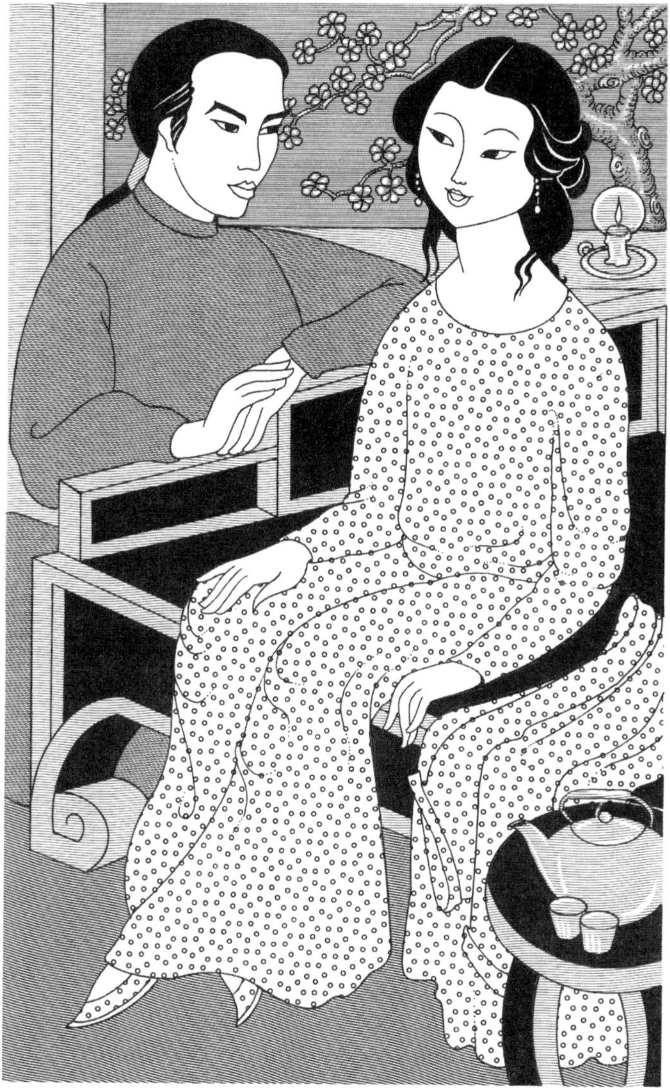

— De qualquer maneira, estou a salvo agora. — Bebeu o chá, sorrindo com os olhos para Ning.

Durante um tempo, conversaram sobre vários assuntos.

— Estou tão cansada — disse a moça, olhando o acolchoado amarfanhado. — Posso dormir aqui?

Ning ficou atônito.

— É impossível! — esbravejou, batendo os braços, agitado. A risada alegre da moça indignou-o.

"O que sei sobre ela?", perguntou a si mesmo. "E se ela for uma dama ilustre?" Nesse caso, sua simples presença traria a ruína não só a ele, mas a toda sua família, além dos criados.

— Só me acontecem desgraças! — foi o que Ning deixou escapar, gemendo.

— Tudo isso só porque quero passar a noite em seu quarto!

O brilho de deboche em seus olhos convenceu Ning de que a menina estava zombando dele.

— É melhor a senhorita ir embora — murmurou, todo formal.

— Ir embora! — a moça arregalou os olhos. — Agora que estava começando a me sentir bem!

Ning pegou sua capa, que ela havia estendido no chão perto do braseiro para secar, e entregou-lhe, de olhos baixos. Sabia que se a olhasse sua determinação desmoronaria. Ela tinha de ir embora!

— Talvez uma coisinha o faça mudar de idéia — murmurou a moça. Das pregas da túnica, tirou uma bolsinha de seda e balançou-a debaixo do nariz de Ning.

— E, então, posso ficar?

Ning engoliu em seco e negou com a cabeça.

A moça tornou a esconder a bolsa, arrancou a capa das mãos de Ning e rumou para a porta.

Parou na soleira com a mão na maçaneta.

— Olhe para mim — mandou. — Quero que olhe para mim — disse, batendo os pés no chão.

Ning baixou a cabeça.

— Você é um homem sério — suspirou a moça. — Talvez seja por isso que eu tenha gostado de você.

Uma rajada de vento apagou a vela quando ela saiu, deixando no quarto uma fragrância fugidia, mas perturbadora. A jovem misteriosa que invadira sua solidão por um breve momento provocara uma inquietação que ele nunca experimentara antes.

Nos dias seguintes, Ning esforçou-se para escrever, mas produziu apenas palavras vazias, sem arte. A idéia de ter chegado tão perto de seu objetivo e tê-lo deixado escapar o enchia de raiva contra si mesmo.

O estranho também parecia agitado. Exercitava-se com sua espada durante longas horas extenuantes, até que a arma se tornasse uma extensão dele mesmo. Ignorava Ning, como se jamais tivessem se encontrado. Porém, quando estava indo para seu quarto uma noite, disse em voz alta, para ser ouvido:

— O caminho da virtude é estreito, cheio de perigos. Preste atenção...

Ning estava quase perguntando o que ele queria dizer, mas o estranho fechou a porta.

Mais tarde, quando estava brigando com sua tese, a moça entrou sorrateiramente no seu quarto, sorrindo com os olhos. As palavras que lhe brotaram do coração morreram em seus lábios trêmulos. Ning ficou observando-a, atônito, enquanto ela mergulhava o pincel novo na água para amaciar as cerdas, enxaguava sua pedra e fazia mais tinta. Pronta a tinta e testada a maciez da ponta do pincel, colocou os instrumentos diante dele nas pranchas ásperas assentadas nos tijolos que serviam de superfície para escrever.

— Escreva — ela sussurrou suavemente. — Ficarei sentada aqui observando...

Ning respirou fundo e pegou seu pincel. Milagrosamente, as idéias tornaram a fluir, fazendo-o perder a noção do tempo. Sem atrapalhá-lo, ela mantinha a tinta sempre fresca, um pincel limpo e uma vela nova à mão. Ning trabalhou a noite toda.

Quando os primeiros raios de sol tocaram a janela, ele pousou o pincel, esperando encontrá-la enrolada sob o acolchoado, do outro lado do *kang*. Mas o único sinal de que mais alguém estivera no quarto era a chaleira de chá soltando vapor.

Houve uma reviravolta na vida de Ning. O dia transformou-se em noite. Durante o dia, desmaiava de exaustão. A moça acordava-o ao crepúsculo. Não precisavam de palavras entre eles, suas almas comungavam em perfeita harmonia. Ele escrevia até o raiar do dia, sem perceber quando ela ia embora.

A tese finalmente ficara pronta. Vestido com sua melhor toga de cerimônia, os cabelos presos num coque no alto da cabeça amarrado com uma sóbria fita preta, como os acadêmicos usavam, Ning correu até a cidade para entregá-la, confiante em sua aprovação. Também tinha certeza de que não poderia mais viver sem a moça. No caminho de volta, parou em uma loja e escolheu uma fivela de madrepérola. Embora nada soubesse sobre ela, nem mesmo seu nome, naquela mesma noite a pediria em casamento.

Contudo, naquela noite, a moça não apareceu, nem nas várias noites seguintes. Numa tarde em que a luz já desvanecia em outra noite melancólica, o bater das asas de uma borboleta do lado de fora da janela arrancou Ning, em um sobressalto, de seu desespero.

"As borboletas não voam à noite", pensou, mas lá estava ela. Pousou na beirada do terraço, agitando as asas, como se estivesse esperando por ele. Num impulso, Ning saiu do quarto. Porém, no instante em que se aproximou, a borboleta saiu voando. Ning seguiu-a ao bosque de pinheiros. As árvores cresciam tão perto umas das outras, que os galhos não permitiam a entrada do que restava de luz. Quando pensou já tê-la perdido de vista, a borboleta apareceu, quase ao alcance da mão. Ning tornou à perseguição, sem saber ou se importar para onde estava indo, até que bateu a testa em alguma coisa dura e fria.

Era um muro que marcava o limite do jardim. Do outro lado dele, ouviam-se vozes. Ning andava devagar, porque estava completamente escuro. Por fim, chegou a uma abertura onde parte do muro havia desabado. Do outro lado encontravam-se vários bambus antigos, por entre cujas folhas e galhos ele divisava um terraço de pedras arredondadas, iluminado por doze lanternas. Lá estavam sentadas duas mulheres, rodeadas de vasos de crisântemos amarelos e brancos, brilhantes como estrelas em contraste com os arbustos escuros além. A mais jovem penteava os cabelos da mais velha.

— Como este rosto ficou estragado! — reclamou a velha, falando alto, com uma voz de taquara rachada, enquanto se examinava no espelho que segurava. — Um dia já virei a cabeça do imperador.

— Fique quieta, vovó — acalmou-a a outra, que aparentava ter um pouco mais de trinta anos. — Quando eu terminar, vai ficar como era antes!

— Vou morrer logo! — a voz da velha subiu até quase se transformar num guincho. De repente, agarrou a mão da outra.

— Vovó, não... — A jovem arrancou sua mão e escondeu-a atrás das costas.

— Eu sabia, Cristal! — bradou a velha. — Você também está definhando! — Cristal virou o rosto.

— Em vez de matá-lo, você esmoreceu — a voz da velha se esganiçou. — Agora estamos perdidas! Quanta incompetência! — A velha estava ficando com raiva. — Que ingratidão! Depois de tudo o que esbanjei com você! — A observação estava cheia de desdém.

Cristal caiu de joelhos, choramingando.

— Felizmente a moça vai nos salvar — disse a velha, a voz trêmula. Deixou a cabeça cair sobre o peito, como se fosse pesada demais para seu pescoço muito magro.

Pouco depois, levantou a cabeça, as narinas palpitando. — Acho que estou sentindo o cheiro de alguma coisa — murmurou. — Você também? — perguntou.

— Talvez a criança tenha voltado — murmurou a outra.

— Aquela criança! — a velha lamuriou-se. — Vou lhe dar uma surra! — Ela açoitou o ar, zangada. O esforço cansou-a, e ela tornou a cair pesadamente na cadeira.

Um passo leve ressoou na laje.

— Finalmente, sua travessa! — Cristal censurou-a. — Vovó fica preocupada quando você se atrasa.

— Foi difícil achar as coisas certas — uma moça respondeu. Ning não estava vendo quem falava, mas reconheceu a voz.

— Dê-me isso depressa! — vociferou a velha.

Ning ouviu o barulho de uma tampa batendo em uma tigela. A velha gorgolejou ao esvaziar o conteúdo de uma só vez.

— Vovó, a senhora não deixou nem um pouco para mim — choramingou Cristal.

— Você não merece — cacarejou a velha. Ordenou à moça:

— Segure o espelho para mim. Examinando-se, gesticulava mandando a moça virar o espelho para cá e para lá. — Veja, algumas rugas estão sumindo. — Recostou-se com um suspiro. Em tom imperioso, mandou que a moça fosse buscar mais.

— Está bem! — concordou Cristal. — Também preciso tomar um pouco!

A moça deu um passo à frente, caiu de joelhos e apertou a testa no chão. Então, Ning teve certeza de que ela era mesmo o objeto de seu afeto.

— Por favor, não me mande embora outra vez — a moça choramingou. — Tenho medo.

— Não há nada a temer — arrulhou a velha. — Tudo o que tem que fazer é separar o homem de sua espada. E então! — Estalou os dedos expressivamente, gargalhando.

— Não posso! — gemeu a moça, abraçando as pernas da velha.

— Então, pegue o outro — Cristal respondeu asperamente.

— Que outro? — respondeu a velha, áspera. — Está me escondendo algo? — Seus olhos dardejavam fogo, enquanto seu olhar ia da moça para Cristal, e desta para a outra.

Cristal agarrou a moça pelo cangote: — Olhe para ela, vovó! Ela nos traiu!

A moça tentou cobrir o rosto com as mãos, mas a mulher não deixou.

— Há outro homem na casa — bradou a mulher com veemência —, jovem e vigoroso. Segurou o rosto da moça perto da velha. — Ela o esconde de nós porque gosta dele!

Ning ficou indignado. Era o que lhe restava fazer, já que não podia pular o muro e enfrentar as duas mulheres.

A velha segurou o rosto da moça entre os dedos ossudos.

— Estou vendo que é verdade — murmurou desconsoladamente. Virou-se e deu um tapa no rosto de Cristal. — Primeiro você, agora esta daqui! Estou cercada de traidoras! — gritou.

Ning não suportava mais ver aquilo. Sem enxergar direito, saiu tropeçando do bosque de pinheiros. Ficou sem ar quando viu luz à sua janela. Atravessou o terraço correndo e escancarou a porta. Ela estava sentada no *kang*, o queixo apoiado nos joelhos. Ele ficou parado na soleira, sem conseguir se mexer. Ela riu e correu para ele, que a ergueu em seus braços e a levou de volta para o *kang*.

Depois do amor, ela sussurrou, lânguida: — Amanhã à noite não estarei com você...

Ning começou a protestar, mas ela o fez ouvir: — Não fique sozinho, compre vinho e beba com seu vizinho.

Ele objetou dizendo que mal conhecia o homem e não fazia questão de sua companhia. Ela colocou a ponta do dedo em seus lábios e disse brincalhona: — Faça por mim. Embebede-o e depois pegue sua espada.

— Mas isso é roubo! — exclamou Ning.

Ela beijou-o suavemente e sussurrou, seus lábios colados aos dele: — Ele é um feiticeiro malvado. A espada vai nos separar para sempre.

Ning a estreitou com força, jurando que nada os separaria.

— A espada vai me destruir — ela soluçou.
— Mais cedo ou mais tarde, você vai entender! Mas será tarde demais... — Ela o empurrou.

O receio de Ning desvaneceu. Bradou abraçando-a: — Vou fazer o que está me pedindo.

Acordou com a luz do sol em seus olhos. Um brinco sobre o travesseiro deu-lhe a certeza de que a paixão da noite anterior não fora um sonho. Tornou a deitar-se, satisfeito. Suas juras de amor pairavam como partículas de poeira dançando no ar.

Ning correu até a cidade, comprou uma garrafa de vinho bom e um pouco de carne cozida para acompanhar.

À tardezinha, quando voltou com as compras, viu a porta do vizinho aberta.

— Estava lhe esperando — disse o vizinho, de dentro do quarto.

Ning começou a gaguejar, mudando o peso de um pé para o outro.

— É melhor entrar — disse o estranho, rindo de seu constrangimento — antes que a boa comida e a bebida se estraguem!

Com um gesto, abriu espaço no *kang*.

— Pronto! Não é muito elegante, mas serve — disse, tirando com habilidade a garrafa de vinho das mãos de Ning.

Comeram e beberam alegremente. Ning não deixava o copo do estranho ficar vazio. A sua capacidade de beber era surpreendente. À medida que o nível do vinho na jarra baixava, a conversa deles tornava-se mais desconexa.

— O bem e o mal adquirem a forma e o peso que lhes designamos — começou o estranho, sem preâmbulos. Ning estava achando difícil acompanhar o que o estranho dizia. O quarto começou a girar, o *kang* subia e descia, como um barco em mar agitado, e ele queria muito dormir.

— Esta espada é a única arma capaz de vencer um mal antigo que persigo há muito tempo — disse o estranho.

Ao ouvir a observação, Ning ficou imediatamente alerta, e o *kang* parou de balançar. O estranho havia tirado a espada da parede e, esta, desembainhada e brilhante, jazia atravessada no colo de seu dono. Ning lembrava-se vagamente do que tinha que fazer.

— Posso pegá-la? — Ning perguntou.

— Não, não pode — trovejou o estranho.

Mesmo assim, Ning tentou pegá-la. O estranho agarrou seu pulso.

— Da próxima vez, arranco sua mão! — avisou o estranho.

Um rápido relance fez com que Ning percebesse que o homem não fazia ameaças inúteis.

O estranho começara outra preleção incoerente, quando um corvo entrou pela janela aberta pousando em uma viga, no alto. O estranho acompanhou seu vôo sem interromper o discurso. Apenas agarrou a espada com mais força. De repente, o quarto tremeu, espalhando restos de comida e bebida pelo *kang*. O impacto seguinte derrubou Ning. Um vento uivante rugiu no quarto. Atônito, Ning viu o corvo ficar enorme e emitir estalidos, enquanto observava os dois homens embaixo. Com um grito selvagem, abateu-se sobre o estranho, mas o quarto pequeno e os ramos de ervas espalhados atrapalharam os movimentos da ave, permitindo que a presa saísse de seu alcance com facilidade. Ning enfiou-se em um canto, completamente sóbrio e amedrontado. O estranho escorregou para fora do *kang*, entoando um encantamento, a espada em riste. O pássaro pulava pelo quarto, olhando ameaçadoramente de um lado para o outro. A distância entre os combatentes diminuiu rapidamente. Com um grito desesperado, o pássaro investiu sobre o homem, arrancando-lhe sangue. O estranho girou em torno de si mesmo, traçando um círculo brilhante com a espada. A ave tornou a atacar, com precisão fatal. O estranho manteve-se firme, repelindo a sangüinária criatura com estocadas devastadoras. A batalha prosseguiu com vantagem ora para um lado, ora para o outro, como uma gangorra. Logo, tanto o homem quanto a ave estavam cobertos de sangue.

Cambaleando de cansaço, o estranho empunhava a espada com as duas mãos. Com um guincho terrível, arrastando uma asa ferida, a ave avançou mancando para matar. Reunindo as forças que lhe restavam, o estranho atacou. Ficaram frente a frente. A ave soltou um grito quase humano e, batendo as asas, caiu no chão, trespassada pela espada do estranho. Por um instante, transformou-se na mulher chamada Cristal. Espalhou-se pelo ar um cheiro enjoativo de carne queimada enquanto ela se desintegrava.

Ning ficou feliz por estar outra vez atrás da porta trancada de seu próprio quarto. Estava tre-

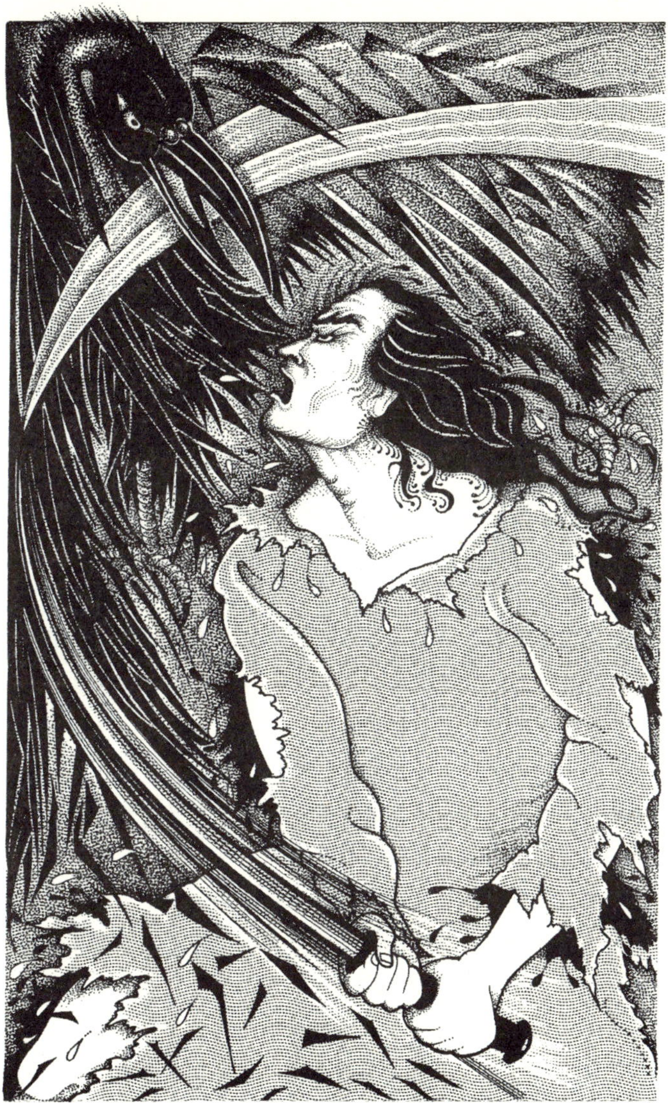

mendo tanto que não conseguia acender a vela, e então ficou sentado no escuro, tiritando. Quando sentiu que uma mão o tocava, gritou, aterrorizado.

— Sou eu — sussurrou a moça. Eles se abraçaram, murmurando palavras incoerentes de conforto.

— A velha vai se vingar — disse a moça, tremendo. — Se me ama, faça-me um último favor.

— A espada! — Ning sussurrou, desesperado.

— Não tem mais importância, agora — disse a moça, livrando-se do abraço. — A velha é uma feiticeira que vive há muitos séculos. Ela obriga aqueles a quem escraviza a drenar o sangue dos humanos para que ela possa bebê-lo. É assim que permanece viva. Em troca, promete juventude e beleza eternas. Eu era vaidosa e tola, por isso me tornei sua escrava.

Ning chorou, sem acreditar no que estava ouvindo. Mas a moça obrigou-o a ouvir o resto.

— Naquela noite chuvosa, vim para matá-lo. Se você tivesse me deixado ficar, ou se tivesse aceitado o ouro que lhe ofereci, a velha teria bebido seu sangue. Mas você não se aproveitou de mim. Sua generosidade o salvou...

Ning balançou a cabeça, ainda não acreditando.

— Há um amontoado de ossos enterrado entre dois olmos, em uma clareira no bosque perto daqui — continuou sem fôlego. — Jazo ali. Se você me ama, leve meus ossos para o outro lado do rio. Enterre-os decentemente, e estarei livre. Na margem mais distante, você também estará livre, pois a velha não consegue atravessar a água.

— E quanto a nós? — bradou Ning. — Quero me casar com você...

— Isso é impossível — respondeu a moça, com tristeza —, porque não faço parte do seu mundo.

— Nossas juras de amor foram mera ilusão? — insistiu Ning.

A moça assentiu com a cabeça, desconsolada.

— Devemos nos encontrar outra vez em outra época... em outro lugar...

Ning começou a dizer algo, mas sua voz ecoou no espaço vazio. Estava só. Engatinhou até a porta e abriu uma fresta. Viu luz na janela do estranho. De dentro, vinham sons de entoações. Ning correu do pátio para o bosque.

Ning não tinha idéia para onde estava indo, a escuridão era total. Uma força maior do que ele o impulsionava. Ele foi em frente, abrindo caminho pelo mato, tropeçando, caindo, levantando-se e prosseguindo, até chegar a uma clareira onde havia dois olmos. Encontrou um galho forte e começou a escavar entre as duas árvores. Não teve que escavar muito; logo o galho bateu em algo que não parecia ser terra. Aumentou o buraco com as mãos. Exatamente como a moça dissera, seus dedos encontraram um amontoado de tecido grosseiro. Com cuidado, puxou-o para fora da terra e apertou-o no peito. O instinto ou a premonição que o conduzia evaporou-se. Em pé, ficou escutando os ruídos da noite, sem saber o que fazer. Mais alto do que o trovejar das batidas de seu coração, ouviu barulho de água e lembrou-se. "O rio!" Amarrou em um ombro o amontoado surpreendentemente pequeno de ossos e precipitou-se na direção do som.

A noite sem estrelas era densa e escura como o breu. As árvores e o mato rasteiro arranhavam-lhe a pele. Plantas rastejantes colavam-se, traiçoeiras, em seus tornozelos. Era como se o bosque estivesse tentando agarrá-lo. Ning respirava com muita dificuldade. A dor que sentia no peito alastrava-se como fogo lento, deixando-lhe as pernas moles como geléia. Quando não conseguiu mais correr, continuou, engatinhando. Às vezes o som do rio estava à direita, às vezes, à esquerda, mas nunca perto dele. Estava andando em círculos. Derrotado pelo cansaço, caiu de bruços no chão molhado de orvalho. Tudo o que queria era ficar deitado ali e não se mexer nunca mais.

Um leve bater de asas perto de seu rosto fez Ning abrir os olhos. Uma borboleta pousou bem perto de seu nariz, e as suas asas que se agitavam freneticamente pareciam querer comunicar-lhe alguma coisa. Com dificuldade, Ning ficou de pé. A borboleta levantou vôo, dançando no ar.

Cansado demais para pensar, Ning deixou seus pés acompanharem a borboleta para qualquer lugar, lançando-se na escuridão, agitando os braços no ar, como um moinho de vento. Tão repentinamente como havia surgido, a borboleta desapareceu, mas ele conseguiu sentir que o ar estava úmido e que o barulho de água aumentara. Encontrara o rio.

O céu estava ficando cor de anil, o que prenunciava o iminente término da noite. À luz esmaecida, o rio não parecia largo, mas a correnteza era veloz. Ele só conseguia distinguir as pedras escorregadias e molhadas de um vau que o atravessava.

Começou a transpô-lo, cada passo emitindo um som de ventosa, enquanto ele afundava numa lama espessa e grudenta. De repente, ouviu a voz de uma velha chamando do bosque escuro atrás dele.

— Moço, estou perdida. Será que poderia me ajudar, por favor?

Ning rangeu os dentes e os apertou. A lama tornava cada passo um esforço.

— Moço — disse a velha, uma voz de súplica —, vou morrer!

Ning sentia o coração bater na garganta. Não se atrevia a parar, pois a cada passo que dava, afundava um pouco mais.

— Moço, estou completamente só — bradou a velha —, ajude-me!

Ning caiu para a frente, dentro do rio, com um estrondo. A velha, que estava à margem, soltou um grito medonho de fúria. As árvores sacudiram-se violentamente. As rochas tremeram. O rio, enfurecido, arrastou-o para as profundezas. Por duas vezes, Ning voltou à tona, buscando ar, e por duas vezes foi sugado novamente. O rio carregava-o de volta à praia.

— Dê-me o que me pertence — a velha riu, triunfante — ou morrerá!

— Nunca! — gritou Ning, quando outra onda o puxou para baixo.

Quando subiu novamente à superfície, Ning foi jogado contra uma rocha quase submersa. Embora o rio continuasse a fustigá-lo, ele agarrou-a com toda a força, e a rocha ajudou-o a não afundar. A velha estava sem fôlego. Quando seu grito se abrandou, o bosque aos poucos tornou ao seu sossego, e o rio se acalmou. Apoiando-se com todo seu peso em sua bengala, a velha correu para a direção onde os juncos cresciam. No mesmo instante, a bengala ficou presa na lama. A velha agarrou-a com as duas mãos, tentando tirá-la, mas a lama não deixava. Quanto mais tentava, mais presa ela ficava. Ela escorregou e caiu na lama. Seus gritos estridentes agitaram novamente o rio, mas só por um instante. A velha já afundara na lama até os joelhos. Embora abrisse e fechasse a boca, mais nenhum outro som saía dela.

Houve um movimento súbito. O estranho emergiu do escuro com a espada reluzindo, ameaçadora. A velha silvou e bufou, como um gato bravo, mas estava bem presa.

Ning largou a rocha e foi em direção à margem mais distante.

A velha soltou um grito desesperado. Houve um clarão de luz seguido de um estalido. Quando Ning olhou para trás, do outro lado do rio, o estranho, exausto, segurava firme o punho sem lâmina de sua espada. Tudo o que restava da velha era uma túnica esfarrapada, flutuando vagarosamente correnteza abaixo. O estranho acenou um adeus e desapareceu no bosque.

Semanas mais tarde, Ning chegou em casa, depois de enterrar os ossos que havia carregado por todo aquele percurso num canto de um pomar perto dali. Seu pai pareceu desapontado, convencido de que o estado de Ning, esfarrapado e sujo, indicava que ele havia fracassado nos exames novamente.

— Pelo menos não está machucado — resmungou o velho.

Meses depois, justamente quando o pai estava a ponto de pressioná-lo para juntar-se aos negócios da família, Ning foi avisado de que não só passara no Exame do Serviço Público Imperial, como também fora nomeado magistrado de sua cidade natal, substituindo o magistrado anterior, que estava velho demais para presidir o tribunal.

Ning tornou-se famoso pela sabedoria e pela imparcialidade de seus julgamentos. Embora o pai tivesse razões suficientes para sentir orgulho de seu filho, ficava contrariado pela recusa de Ning em casar-se.

Anos depois, Ning comprou o pomar ao qual se havia afeiçoado. Plantou dois olmos em um canto e colocou dois bancos de pedra embaixo deles. Este tornou-se seu refúgio quando queria ler ou meditar.

Quando morreu, foi enterrado ali, de acordo com a sua vontade. Disseram que duas borboletas que surgiram dançaram por alguns momentos sobre a sua sepultura e depois desapareceram nos raios de sol.

IMPRESSÃO E ACABAMENTO:
YANGRAF Fone/Fax: 6198.1788